读客外国小说文库

激发个人成长

# 万能管家吉夫斯

[英] P. G. 伍德豪斯 著
王林园 译

P.G.WODEHOUSE
THE INIMITABLE JEEVES

# THE INIMITABLE JEEVES

P.G. WODEHOUSE

# 目 录

# 1

# 吉夫斯大显身手

“早啊，吉夫斯。”我开口说。

“少爷早。”吉夫斯应道。

他把一杯茶轻轻地摆在床头柜上，我端起来呷了一口，顿觉清爽。一切都刚刚好，一如既往：不凉不烫，不甜不涩，不浓不淡，奶不多不少，茶碟里一滴也没溅上。吉夫斯这家伙很是不可思议，各方各面都这么在行。这话我以前就说过，这回不妨再说一遍。举个小小的例子吧。我以前的那些贴身男仆呢，总是一大早就闯进来惊扰我的好梦，叫我苦不堪言。可吉夫斯总能知道我什么时候睡醒，好像有心电感应似的。他总是赶在我还魂两分钟后端着茶翩然而至。如此开始新的一天，可是大大地不同。

“今天天气怎么样，吉夫斯？”

“风和日丽，少爷。”

“报纸上有什么新闻没有？”

“巴尔干半岛略微有些扰攘[1]，除此以外，相安无事。”

1　历史上该地区一直“扰攘”不断，本书出版时的重大事件是凯末尔于1923年建立了土耳其共和国。（如无特别说明，本书中注释均为译注。）

“我说吉夫斯，昨天晚上俱乐部有个老兄跟我说，今天下午两点那场比赛把宝押在‘海盗船长’身上，你觉得呢？”

“恕我不赞成，少爷。驯马师并不乐观。”

这就够了。吉夫斯对这种事一清二楚。原因我说不上来，反正他就是知道。从前我也曾淡然一笑，逆着他的意思照旧下注，结果把那些小投资尽数输光，但那都是过去啦。

“说到押宝，”我问，“我订的那些木槿紫的衬衫[1]送到了没有？”

“到了，少爷。已经退回去了。”

“退回去了？”

“是，少爷，因为和少爷并不相宜。”

这个嘛，我得说自己相当喜欢那些衬衫，不过我也自甘听从行家的指点。这算不算没骨气？我说不上来。无疑，许多人认为应该让男仆专注打理熨裤子之类的事务，避免反仆为主，但吉夫斯却另当别论。自打他上门那天起，我就视他为哲学家、良师兼益友。

“利透先生刚刚打过电话，少爷。我说少爷尚未起身。”

“他留了口信没有？”

“没有，少爷。他只说有一件要紧事和少爷商量，此外并没有透露细节。”

“嗯，好吧，估计会在俱乐部碰见他。”

“是，少爷。”

---

1　shirt一词既表示“下注”也表示“衬衫”。

我并没有所谓激动得坐立不安。说起炳哥·利透[1]，他是我的老同学，现在我们也常常碰面。他有位叔叔叫莫蒂默·利透，做生意赚得盆满钵满，刚刚退休（各位可能听过“利透牌搽剂”吧——搽利透牌抹油）。炳哥从叔叔那里领一笔生活费，在伦敦优哉游哉，总之日子过得挺滋润。他口中的“要紧事”都不大可能要紧到哪去。我看他不过是发现了什么新牌子的香烟想让我尝尝，也就是诸如此类的，所以我也没担心到扫了享受早餐的兴致。

用过早饭，我点了一根烟，走到窗前观察天色。的确是大好的晴天。

“吉夫斯啊。”我开口道。

“少爷？”吉夫斯正在收拾碗碟，一听到小少爷发话，立刻恭敬地放下手里的活儿。

“你说今天天气好，真是一点也不错。天气好得冒泡。”

“确然无疑，少爷。”

“春色什么的。”

“是，少爷。”

“春天的时候啊，吉夫斯，知更鸟的胸前将红得更加华丽鲜艳[2]。”

“我也有所耳闻，少爷。”

“好啦！给我预备好黄竹手杖、最亮眼的黄色皮鞋，还有那顶青色的洪堡毡帽。我得去公园[3]里跳几圈田园舞。”

---

1　炳哥，即Bingo，俚语中指白兰地酒。炳哥原名理查德，该绰号可能来自其昵称鲍勃。应注意的是，该人物的创造早于同名游戏“宾果”（1929年）。

2　出自英国诗人丁尼生（1809—1892）的《洛克斯利田庄》（*Locksley Hall*，1842），黄果炘译。

3　文中“公园”一般均指海德公园。

不知道大家有没有这种感觉？每到四月末五月初，蓝蓝的天空上飘着朵朵棉絮似的白云，阵阵微微的西风拂面而来，有点精神焕发的感觉，是不是？很罗曼蒂克的，不知道这么说大家懂不懂。我呢，倒也不是人见人爱，不过这天早上，我心里巴望着最好有一个迷人的姑娘跑过来，求我帮她解决掉几个刺客杀手什么的。结果呢，我偏偏遇到了炳哥·利透，实在有点扫兴。只见这个讨厌鬼打着一条猩红色的缎面领带，上面点缀着些小马蹄[1]。

“嗨，伯弟。”炳哥打招呼。

“天啊，老兄！”我张口结舌，“这颈饰！这男士领巾！搞什么？到底怎么回事？”

“哦，你说领带啊？”他涨红了脸，“我嘛——咳，是送的。”

看他尴尬的样子，我知趣地抛下了这个话题。我们溜达了一阵，一直走到九曲湖边，找了两把椅子坐了下来。

“吉夫斯说你有事跟我说。”我开口。

“呃？”炳哥一惊，“哦，对对，对。”

我等着他甩出爆炸性新闻，不过他看似不想开口，于是话头就这么打住了。他双眼发直地瞪视前方，一副呆滞相。

“我说伯弟。”大约过了一小时又一刻钟，他终于开口了。

“听着呢！”

“你觉得梅宝这个名字好吗？”

“不好。”

“不好？”

1　马蹄形状代表幸运。

“不好。”

“这两个字多有音乐感啊，像风儿轻轻吹过树梢那样沙沙的，你难道不觉得？”

“不觉得。”

他好像有点失望，不过立刻又振作了起来。

“你当然不觉得。你一向是个傻头傻脑的可怜虫，没心没肺，是吧？”

“随你怎么说。她是谁？快讲讲。”

此刻我意识到，可怜的老炳哥这是又陷进去了。自打认识他以来——我们可是老同学——他不是爱上这个就是迷上那个，一般还都是在春天，像被施了魔法似的。念书的时候，就数他收集的女星照片最多，在牛津那会儿，他情圣的名头更是尽人皆知。

“不如跟我一起吃午饭吧，可以见见她。”他看了看表说。

“好主意。”我答，“你们约在哪儿见面？丽兹？”

“丽兹附近。”

他描述的地理位置很精确。丽兹东面约五十码处有一间小吃店，就是伦敦遍地开花那种，不管大家信不信，反正炳哥飞扑而去，像只归家的野兔。还没等我说上一句话，我们就已经挤到了一张桌子前坐下，只见那桌面上不声不响地摊着一摊咖啡，想必是之前某位午餐客留下的。

不得不说，我有点跟不上剧情发展。炳哥虽然说不上腰缠万贯，不过现钱是从来不缺的。我知道，除了从他叔叔那儿领的那笔，他最近在赛马会上也进账不菲。既然如此，他怎么会在这家破烂店里约人家女孩子吃午餐？不可能是因为他手头紧啊。

就在此时，女服务员走了过来，人还挺漂亮的。

"咱们不等——"我心里想，约了人家在这种地方吃饭不说，还不等人家就自行大吃大喝起来，这实在有点不像话。我话还没说完，一抬眼看到他的表情，就把后半句咽了下去。

只见他正目不转睛地盯着人家，整张脸红扑扑的，像用粉红油彩画的《灵魂苏醒》[1]。

"嗨，梅宝！"他有点吃力地说。

"嗨！"对方回答。

"梅宝，"炳哥说，"这位是伯弟·伍斯特，我哥们。"

"幸会，"她说，"天气真好。"

"是啊。"我回答。

"瞧，我打了这条领带。"炳哥说。

"配你帅呆了。"那姑娘说。

个人来说，要是谁说那条领带很配我，我一定愤然起立给他们一巴掌，不分男女老少。但这可怜的炳哥却心满意足飘飘然起来，还露出一副傻笑，令人发指。

"好啦，今天吃点什么？"那姑娘唱起生意经来。

炳哥虔诚地研究起菜单。

"一杯可可、一份小牛肉火腿馅饼冷盘、一块水果蛋糕，外加一只蛋白杏仁饼。你也一样来一份，伯弟？"

我瞪着他，一阵反胃。身为多年的朋友，他居然还以为我会拿这种东西侮辱自己的肚皮，真是伤感情。

"要不，来点牛肉腰子布丁，配一杯酸橙汽水怎么样？"炳哥问。

---

1　指英国肖像画家詹姆斯·桑特（James Sant，1820—1916）的画作，画中少女手握书本注视远方，若有所思。

唉，爱情能叫一个人面目全非，想来真叫人心寒。眼前这位仁兄居然这么随随便便地念叨什么蛋白杏仁饼、酸橙汽水，遥想当年那些快活的日子里，我曾亲眼见他在克拉里奇吩咐领班如何如何准备“美食家浇汁蘑菇炸鳎鱼”，还说要是做得有一丁点不到家，他准保原样扔回去。可悲、可叹啊！

我看着菜单，觉着每样都像是波吉亚家族某位心狠手辣的家伙特别准备来招呼眼中钉的，看来看去也只有黄油面包卷和小杯咖啡勉强可以接受，于是就点了这两样，梅宝记下就走了。

“怎么样？”炳哥陶醉地问。

我觉着他这是想问我对刚才这位投毒女子印象如何。

“挺好的。”我回答。

他看似不大满意。

“难道你不觉得她是你这辈子见过的最动人的姑娘？”他神往地说。

“哦，可不是！”我全为息事宁人，“你们怎么认识的？”

“在坎伯威尔区的募捐舞会上。”

“你怎么跑到坎伯威尔区的募捐舞会上去了？”

“你家的吉夫斯问我愿不愿意买两张票，给什么慈善活动募捐的。”

“吉夫斯？我还不知道他有这爱好呢。”

“啊，估计他偶尔也得放松放松吧。反正他去了，而且那舞步好得跟什么似的。我一开始还不太想去，后来觉着不如凑个热闹。哎，伯弟，想想我差点错过呀！”

“差点错过？”我被他说得有点摸不着头脑。

“梅宝啊，你个笨蛋。要是我没去，就不会遇见梅宝啦。”

“啊，哦。”

炳哥开始大发白日梦，回过神来以后立刻狼吞虎咽馅饼和杏仁饼。

“伯弟，”他说，“给我点意见。”

“尽管说。”

“其实也不是问你的意见，问了也白问。我是说，你是个不折不扣的笨蛋，是吧？我这么说你可别往心里去。”

“没没，我懂。”

“我是想让你把这事说给你家吉夫斯听听，看他有什么建议。你不是常跟我说，他帮你各路朋友摆脱了麻烦吗？据你的话看来，他可是府上的智囊。”

“他从来没叫我失望过。”

“那我的事就全拜托他了。”

“你什么事？”

“我的问题。”

“你什么问题？”

“哎呀，你这个可怜的呆子，问题当然是我叔叔啦。依你看，我叔叔对这事会有什么反应？要是我突如其来地告诉他，他准保在壁炉地毯上抽筋。”

“情绪不太稳定，啊？”

“反正得想个办法，叫他先有点心理准备，然后再放消息给他。有什么办法呢？”

“啊！”

“你这句‘啊’可真帮了大忙！瞧，我的经济来源全靠他，要是他断了我的生活费，我可就吃不了兜着走啦。所以呢，你把这事一五一十地说给吉夫斯，看他能不能张罗张罗，弄个大团圆结局。跟他说我的未来全掌握在他手里什么的，要是我做了新郎，叫他放心，我一半的天下都是他的。嗨，就说十镑吧。看在十镑的份上，吉夫斯会绞尽脑汁吧？”

“自然。”我回答。

炳哥想把吉夫斯卷进这种私人问题，我倒是一点也不奇怪。我自己要是有什么大灾小难的，第一个念头就是找吉夫斯。鉴于过去的种种，我知道他这家伙脑筋灵光，尽是些聪明点子。要说谁能帮可怜的炳哥解决问题，那就是他了。

当天晚饭后我就把事情讲给他听。

“吉夫斯。”

“少爷？”

“你这会儿忙吗？”

“不，少爷。”

“我是说，你这会儿没什么安排吧？”

“没有，少爷。通常我习惯读一些有益身心的读物，但少爷若是需要效劳，我随时可以将安排推后，或者彻底取消。”

“那好，我想听听你的意见。是关于利透先生的。”

“不知少爷指的是利透家年轻的先生，还是他的叔叔，住在庞斯比花园街的利透老先生？”

吉夫斯好像无所不知，太不可思议了。我和炳哥差不多从小混到大，可就连我也没听说过他叔叔具体住哪儿。

“你怎么知道他住在庞斯比花园街？”我问。

“我和利透老先生的厨子相交甚密，少爷。实话实说，我们之间有个默契。”

不得不说，我有点震惊。不知为什么，我从来没想过吉夫斯也会考虑这事。

“你是说你们订婚了？”

“或许也可以这样描述吧，少爷。”

“啧啧！”

“她厨艺出神入化，少爷。”吉夫斯好像觉得应该解释一番似的，“少爷刚才说利透先生有什么事？”

我把细节一一道来。

“事情就是这样，吉夫斯。”我说，“我觉着咱们得帮一把手，叫炳哥过了这个难关。跟我说说，利透老先生是个什么样的人？”

“他性格有些与众不同，少爷。自从退休之后，他便闭门隐居，如今几乎专门以满足口腹之欲为乐。”

“是个馋鬼，啊？”

“这样形容或许不甚恰当，少爷，这种人通常是被称作‘美食家’的。他对于饮食异常讲究，因此也非常看重沃森小姐。”

“那个厨子？”

“是，少爷。”

“这样嘛，我看咱们最好的办法就是某天晚餐后把炳哥送去见他。吃饱了好说话什么的。”

“问题在于，此刻利透老先生犯了痛风正在节食。”

“这么看来倒是难办了。”

“未必，少爷。依我之见，利透老先生的不幸或许正可以化为利透先生的好运。前天我刚巧和利透老先生的男仆闲聊，他说，如今他的主要责任就是晚上读书给主人听。如果是我，少爷，就会建议利透先生主动去为叔叔念书。”

“你是说借此表示孝心？用善举打动这位老先生？”

“这只是部分原因，少爷，不过主要还在于利透先生的阅读选择。”

“那可不行。老炳哥看着一副斯文相，不过说到念书，可只限于《体育时报》[1]。”

“这个难题也许容易解决。选择书目的事，我很乐意代劳。或许容我把想法进一步解释一下。”

“我的确没太明白。”

“我提的这个办法，大概就是广告商所谓的‘直接暗示’，少爷，意思是通过反复重复来灌输某种观念。少爷或许也略有体会？”

“你是说，老是跟你念叨什么牌子的香皂最好用，过了一阵子你就受了影响，跑到街角的铺子里买了一块？”

“一点不错，少爷。之前这场战争[2]中效果最为显著的宣传，正是基于同样的办法。我想不妨加以借鉴，用来改变目标听众‘阶级有别’的观念，从而获得期望的结果。试想利透先生日复一日对叔叔讲述一系列故事，其中叙述的都是与出身低微的年轻人结合不仅可取，而且可赞，那么，我想利透老先生思想上定然会有所改观，从而接受侄子娶小吃店的服务员。”

“现在有这种书吗？我看报纸上讲的都是夫妻生活淡而无味，相互看着不顺眼。”

---

1　*The Sporting Times*，英国当时较著名的体育周报，因纸张呈淡粉色，俗称Pink'Un，1865年创刊，1932年停刊。

2　指第一次世界大战。

“有，少爷，这类小说数量相当多，虽然评论家不屑一顾，但读者群极广。莫非少爷没有听过《一切为了爱》，罗西·M.班克斯的作品？”

“没啊。”

“还有《一枝红红的夏日玫瑰》，也是出自同一作者之手？”

“没。”

“我有一位姑姑，差不多收集了全套的罗西·M.班克斯作品，不管利透先生需要多少本，我随时可以借来。这些小说轻松易读，让人爱不释手。”

“嗯，值得一试。”

“我力荐这个计划，少爷。

“那好。明天去你姑姑家里，挑两本最带劲的借来。咱们怎么也得铆足了劲儿。”

“所言极是，少爷。”

# 2

# 炳哥不是新郎

三天以后，炳哥报告说，罗西·M.班克斯是个好玩意儿，毫无疑问是对症下药。利透老先生最初听说要换点文艺食粮，有点犹豫，因为他不爱读小说，目前为止只限于“每月评论”等深刻的阅读素材，不过没等他反应过来，炳哥就趁其不备，念完了《一切为了爱》的第一章，自此以后一切都不在话下。这会儿他们已经读完了《一枝红红的夏日玫瑰》《疯姐儿桃金娘》和《区区一个女工》，现在《斯特拉斯莫洛克爵士的恋爱》也读了一半了。

炳哥说这话时哑着嗓子，调了一杯生鸡蛋雪利酒。在他看来，目前美中不足的就是他那副声带有点消受不起，现在用嗓过度，已经有衰败之象。他在医学字典上查了查症状，觉得自己得的是“牧师咽炎”。不过除此以外，他一来正中老先生下怀，二来晚上读完小说还总是顺便留下来用餐。听他的意思，利透老爹家厨子的手艺非语言能形容，非亲身体验不可。炳哥讲到清汤时，眼前一片朦胧。想必对付了几个星期的杏仁饼和酸橙汽水，这无异是天堂了。

利透老先生在晚宴上用不上力，不过炳哥说，他坐在饭桌前嚼着竹芋，一边嗅着菜香，一边絮絮回忆从前那些主菜的盛况，并憧憬着医生帮他恢复体魄后如何规划菜谱，所以我以为他过得也挺快活。总而言之，事情的进展相当令人满意，炳哥还说他差不多有了主意，准能一举拿下。他不肯跟我透露详情，只说是顶呱呱。

“咱们大有起色，吉夫斯。”我说。

“听来令人欣慰，少爷。”

“利透先生说，他读到《区区一个女工》的关键处，他叔叔都哽咽了，像小斗牛犬被人踢了一脚。”

“果然，少爷？”

“就是克劳德爵士把女主角拥在怀里那一段，知道吧，他说——”

“这段情节我了然于胸，少爷。的确令人动容。这是我姑姑最爱的一本。”

“我看咱们是上了正轨。”

“看来如此，少爷。”

“不错，看来你又拿下一局。我以前常这么说，以后也会一直这么说：比脑筋的话，吉夫斯，你无人能及。那些伟大的思想家只配站在人堆里眼巴巴地看你走过。”

“多谢少爷夸奖。但求少爷满意罢了。”

大概过了一个星期，炳哥跑来宣布说，他叔叔的痛风已经痊愈了，第二天就要重归饭桌，操起刀叉大快朵颐。

“对，差点忘了，”炳哥说，“他想请你明天去吃午饭。”

“我？怎么找我？他又不知道有我这号人。”

“啊，他知道的。我都跟他讲了。”

“跟他讲什么了？”

“哦，就那点事呗。反正他想见你。听我一句，小子——千万得去！我看明天这顿午饭可是特别下了功夫的。”

我也说不清楚为什么，反正我觉得炳哥的态度有点异样，可以说有点居心不良。这老小子好像有什么事藏着没说。

“背后肯定还有故事。”我说，“你叔叔怎么会请一个压根不认识的人去吃午饭？”

“你怎么这么笨，我不是说了吗？我跟他讲过你的事，你是我最好的哥们，还是老同学，就是那些呗。”

“就算是——还有一件事。你怎么这么起劲，非得鼓动我去？”

炳哥犹豫了一阵。

“唉，我不是说我有个主意吗？就是这个。我想让你替我开口，我自己不敢。”

“什么！我死也不去！”

“你还自称是我哥们儿呢！”

“是，我知道，但我有底线的。”

“伯弟。”炳哥用责备的口吻说，“我可救过你一条命。”

“什么时候？”

“没有吗？哦，那准是别人。行了，反正咱们从小混到大，你不能不帮我。”

“唉，好吧。”我说，“不过你说天底下有什么事你不敢，那可是小看了自己。你这么——”

“回见啦！”炳哥抢着说，“明天一点半，别迟到。”

不得不承认，这事我越琢磨越觉得不对头。炳哥说得倒好，什么有一顿丰盛的午宴等着我，可是午餐再好，万一汤刚端上来，我就被揪着耳朵甩出门，那又有什么用？话虽如此，伍斯特君子一言什么的，因此第二天一点半，我已经踏上了庞斯比花园街16号的台阶，按响了门铃。约半分钟后，我就进了客厅，和主人握起了手。这真是我有史以来见过的头号胖子。

利透家的座右铭显然是“百花齐放”。炳哥又高又瘦，自打我们相识以来，从没长过一两赘肉。不过加上他叔叔就抵消了，还比平均值高那么一点。利透老先生那只手把我的手完全覆盖，绕了一整圈有余，最后我都开始琢磨是不是得找一架挖掘机才能弄出来。

“伍斯特先生，高兴之至——骄傲之至——荣幸之至。”

看来炳哥把我大大地吹捧了一番。

“啊哦。”我说。

他后退了一两步，不过右手还是不肯放松。

“难得你年少有为啊！”

我完全跟不上思路。我们家的人，以我姑妈阿加莎为代表，自打我小时候起就对我口诛笔伐，向来不客气地指出我纯粹是白活了，还总是强调自打我进小学以来，除了暑假采集的野花拿了个优秀奖以外，连个名垂青史的破事都没做过。我正想他八成是把我和别人搞混了，这时门厅里传来了电话铃声，随即女仆走进来说是找我的。我跑过去一听，原来是炳哥打来的。

“嗨！”炳哥说，“这么说你去了？好兄弟。我就知道你靠得住。我说老帅哥，我叔叔见到你是不是挺高兴？”

“太热情了。我可不明白了。”

“啊，那就好。我打电话就是为了解释这事。老兄，听着，我知道你不会介意啊，我之前跟他说，我给他念的那些书都是你写的。”

“什么？”

“对，我说罗西·M.班克斯是你的笔名，你不喜欢出风头，因为你虚怀若谷、深居简出什么的。他对你准会言听计从百依百顺。这个点子够灵吧？我看就是吉夫斯本人也未必能想出更好的法子。行了，好好谈，哥们儿，记住，一定得给我加点生活费，现在这个数我根本没法结婚。这场电影要是想定格在拥抱的画面上淡出，那至少得高一倍。行了，就这些。回见咯！”

说完他就挂了。这时开饭的锣声响了，那和蔼的主人跌跌撞撞地下了楼梯，像一吨煤球轰然卸下。

每当回想起这顿午餐，我心中总是涌起一阵痛惜之情。这顿饭可谓毕生难得，但我却无福消受。潜意识里，我看得出菜是下了大功夫的。但是我紧张得要死，光想着炳哥给我揽了这么个破事，所以菜中的深意我始终无法领会，大部分时间里都味同嚼蜡。

利透老先生一上来就谈起了文学。

“我侄子可能跟你说了吧，我最近一直在拜读你的作品。”他开口道。

“是，他说了。你——呃，你觉得那些玩意儿怎么样？”

他崇敬地望着我。

“伍斯特先生，我毫不羞愧地承认，我听着听着眼睛就湿润了。真想不到，你年纪轻轻的，居然能这么准确地看透人情世故，并且一丝不差地触动了读者颤抖的心弦，你的小说写得真实、感人，太有人情味、太有生命力了！”

“呃，雕虫小技而已。”我说。

此时此刻，老好的汗珠已经肆意铺满了额头，我生平第一次彻底慌了神。

“是不是室温有些高？”

“啊，没没，不是，刚好。”

“那就是胡椒了。要说我家厨子有什么美中不足——我当然不会承认——那就是她喜欢在菜里放胡椒。对了，你觉得她手艺如何？”

听到他终于不再讲我的文学成就，我如释重负，一声叫好于是成了浑厚的男中音。

“你这么说我很高兴，伍斯特先生。可能我有些偏见，不过这姑娘在我眼中是个天才。”

“可不是！”我应道。

“她跟了我七年，这七年来一直保持着最高水准，从来没有一回失误。不过倒是有一次，那是1917年的冬天，纯粹主义者大概要批评她那一道蛋黄酱口感不够绵密。但这也情有可原，当时一连几次空袭[1]，这可怜的姑娘吓坏了。总之，世事本不能尽如人意，伍斯特先生，我也有自己的十字架要背负。七年来，我时时刻刻担惊受怕，担心某个心怀不轨之徒把她从我这里挖走。我也听说过，有人开了价钱，而且是不菲的价钱，请她另谋高就。就在今天上午，不幸终于发生，伍斯特先生，我有多么痛心疾首，你可想而知——她请辞了！”

---

1　1915至1918年间，伦敦数次遭德国空袭。

"老天爷！"

"如此惊惶失措——这样说希望你不会介意——不愧是《一枝红红的夏日玫瑰》的作者。不过谢天谢地，料想的不测并没有发生。事情已经解决了。简不会离开我了。"

"大好蛋！"

"大好蛋，不错——虽然我并不熟悉这个表达。我不记得在你的书里看到过。对了，说到你的书，我想说，除了故事情节感人至深以外，最令我惊异的还是你的人生哲学。要是多一些你这样的人，伍斯特先生，那伦敦就会大为改观了。"

这和我阿加莎姑妈的人生哲学可是截然相反。她总是提醒我，就是我这种人把伦敦搅和成罪恶之源，但我没吭声。

"这么说吧，伍斯特先生，我欣赏你藐视这愚昧的社会制度、腐朽的盲目崇拜，我十分欣赏！你心胸开阔，悟出等级不过是金币上的图案[1]。《区区一个女工》中卜赖奇默勋爵说得好，'休嫌她寒微贫贱[2]，善良的姑娘就似身份最高贵的小姐！'"

"哎呀！你这么想吗？"

"不错，伍斯特先生。说来惭愧，我也曾经和其他人一样，囿于愚蠢的旧观念，认为什么'阶级有别'。但自从读了你的作品——"

我就知道。吉夫斯再次马到成功。

"你认为，一个所谓有社会地位的小伙子娶一个可以说是底

1 引自苏格兰诗人彭斯（1759—1796）的《男儿当自强》（*A Man's A Man For A' That*，1795）。

2 此句效仿美国作家约翰·霍华德·佩恩（John Howard Payne，1791—1852）的歌剧《克拉里》（*Clari, or the Maid of Milan*，1823）中最著名的"甜蜜的家"（*Home sweet home*）一段的歌词："休嫌它寒微贫贱，天涯无处似家园"。

层社会的姑娘，这没什么问题？”

“我深信不疑，伍斯特先生。”

我深吸一口气，跟他宣布好消息。

“炳哥——就是你侄子啊——想娶一个女服务员。”我说。

“我以他为荣。”利透老先生说。

“你不反对？”

“恰恰相反。”

我又深吸一口气，转到了散发铜臭味的那面。

“希望你别介意，我不是想干涉谁啊。”我说，“不过——呃，你看怎么办？”

“只怕我没听懂你的意思。”

“哦，我是说他的生活费。你好意给他的那笔钱。他是希望你能想办法再给他提一点。”

利透老先生遗憾地摇摇头。

“只怕行不通。以我现在的身份，不得不节俭行事。我愿意继续给他支付现有的数目，其余的却不能答应。否则对我妻子就不公平了。”

“什么？你不是没结婚吗？”

“暂时没有，不过我计划即刻步入这个神圣的殿堂。就在今天上午，承蒙她不弃，多年来为我精心烹饪菜肴的女士答应嫁给我了。”他眼中闪过一丝胜利的寒光，“现在看他们还怎么挖人！”他挑衅地喃喃道。

“利透先生下午打来数通电话找少爷。”晚上我回到家，吉夫斯报告说。

“我猜也是。”我回答说。午饭后不久，我就写了个事情梗概，差信童给他送去了。

“他似乎有些焦虑不安。”

“那也不奇怪，吉夫斯。”我说，“打起精神，咬紧牙关。只怕我有个坏消息要告诉你。你那个计策——给利透老先生读那些书什么的——擦枪走火了。”

“他没有心软？”

“他心软了，所以才惹了麻烦。吉夫斯，很抱歉，你那位未婚妻——就是沃森小姐——就是那个厨子——嗨，总而言之一句话，她选择了荣华富贵，抛弃了诚恳的人品。你懂了吧？”

“少爷？”

“她甩下你，要嫁给利透老先生了！”

“果然，少爷？”

“你好像不怎么生气啊。”

“是，少爷，我对此早已有所预见。”

我吃了一惊。“那你干吗还提这个计策？”

“不妨直言，少爷，我其实并不介意和沃森小姐断绝往来。实际上，我正希望如此。虽然我非常欣赏沃森小姐，但很久以来我就发现，我们并不是彼此理想的选择。如此一来，我和另一位年轻女士之间的默契——”

“老天，吉夫斯！还有一个？”

“是，少爷。”

“有多久了？”

“几个星期，少爷。初次见面，我就被她深深吸引。那是在坎伯威尔区的募捐舞会上。”

“我的神仙姑姑！那不是——”

“正是，少爷。巧合的是，她正是利透先生的那位——香烟备在小茶几上。晚安，少爷。”

# 3

# 阿加莎姑妈吐露心声

想必一个品行端正什么什么的小伙子，遭遇婚事告吹这事，炳哥不免要消沉痛苦一阵。我是说，要是我也是心性高的，我肯定要肝肠寸断了。可是说来说去，我总不能担这么多心事吧。还好，炳哥接到噩耗后不到一星期，我在吉罗[1]碰见他，只见他正跳得起劲，像只野性难驯的瞪羚，我见状也就松了口气。

炳哥这家伙拿得起放得下，总是曲而不折。那些恋爱小插曲上演的时候，他整天心神不定跟丢了魂儿似的，谁也不如他，不过等到情事告吹，人家姑娘拒绝他，并哀求永远别让自己再见到他，他马上就恢复了天真快乐的样子。这事我经历过不止一次，总得有十几回了。

所以我就没操心炳哥的事。其实我也没操心别的事。想来想去，这么无忧无虑的日子，我这辈子还是头一遭。一切都顺顺利利。我在三匹马身上下了不小的注，这三匹都轻松取胜，要知道，平时我押哪匹，哪匹准保赛了一半就蹲下不跑了。

---

1　Ciro，伦敦的夜总会。

此外，天气仍然好得不像话，我的新袜子受到各方好评，都说简直像量身打造的。锦上添花的是，阿加莎姑妈去了法国，至少有六个星期都不用听她横挑鼻子竖挑眼的。各位要是认得我这位姑妈，准会同意，光是这一点就足以称得上人生之大幸了。

这天上午我泡在浴缸里，突然强烈地感到，我还真是一丝烦恼都没有。想到此，我一边拿着海绵扑腾水，一边引吭高歌起来，活像只要命的夜莺。依我看来，这世界真是再美好不过了。

可是呢，说来生活就是奇妙，不知各位注意过没有？我是说，每当你春风得意的时候，一般总有什么倒霉事栽在你身上。我刚擦干臭皮囊，蹬上衣裤，晃悠进客厅，突然一个晴天霹雳。壁炉架上赫然摆着一封阿加莎姑妈的来信。

“妈呀！”我读完不禁感叹。

“少爷？”吉夫斯应道。他正在背景处瞎捣腾什么活儿。

“是阿加莎姑妈写来的，吉夫斯。就是格雷格森夫人。”

“是吗，少爷？”

“唉，要是你知道信的内容，口气准不会这么吊儿郎当的。”我干巴巴地苦笑道，“她给咱们下了咒，吉夫斯。她要我启程去和她会合。什么鬼地方来着？——滨海罗维尔[1]。唉，见鬼！”

“我是否要即刻收拾行李，少爷？”

“我看要。”

对不认识我家阿加莎姑妈的人，我觉得很难解释，她为什么总把我吓得大气不敢喘。我是说，我的经济来源又不靠她，不是

1 虚构地名。

这种事。我总结认为，这是性格问题。瞧，自打我童年起，还有上学的时候，阿加莎姑妈总是一个眼神就能把我看穿，至今我也未能摆脱这种威力。我们家的人都是大高个儿，阿加莎姑妈身高约一米八，生就一只鹰钩鼻和一对飞刀眼，还有一头铁灰的头发，整体效果颇令人生畏。总之，抗命不从这事我是一秒钟都不敢想。要是她叫我去罗维尔，那事就定了，乖乖买票去吧。

“什么意思，吉夫斯？不知道她找我什么事。”

“说不好，少爷。”

唉，说也无益。要说有什么安慰，乌云后唯一的一抹晴空，那就是到了罗维尔那边，我至少可以戴上那条带劲的腰封啦。我买了半年了，但一直不太敢戴。腰封就是那种丝质的衣饰，系在腰间，代替背心穿的，类似于腰带，不过醒目得多。目前为止，我总是没能鼓足勇气戴上，因为我清楚，吉夫斯准要找我麻烦，因为这腰封红得颇为扎眼。不过，想来罗维尔这种地方肯定满是欢乐的法国风情，一派“巧儿宜的活”[1]，我看是能成事。

在浪尖上折腾完，又在列车上颠簸了一夜，我一大早终于抵达了罗维尔。这么个好地方，要是没有姑妈什么的羁绊着，大概能舒舒服服地住上一周。和法国那些度假区一样，到处是沙滩啊酒店啊赌场啊那些。迎接阿加莎姑妈大驾的那家倒霉酒店名为“斯普兰德”[2]，等我到的时候，没有一位职员不在哀其不幸。我深感同情。阿加莎姑妈在酒店的作风我有过亲身体会。当然了，我到那会儿腥风血雨已经散去，不过根据大伙在她面前卑躬屈膝的神色，我猜得出，她先是换了第一间房，因为窗户不朝阳，接

1 Joie de vivre，原文为法语，意为“生活乐趣”。

2 Splendide，原文为法语，意为“精彩”。

着又换了第二间，因为衣柜嘎吱作响，此外，她对厨子、侍应、清洁女佣等种种话题也是畅所欲言言无不尽。到了这会儿，大伙已通通听她差遣。那酒店经理蓄着一把大胡子，样子像土匪，不过阿加莎姑妈眼风扫过，他立刻浑身瘫软。

这场胜利叫她威严中添了一丝和蔼，见面时，她简直有点母性了。

“伯弟，你能来我很高兴。”她开口道，“这儿的空气对你大有益处，总比你在伦敦那些乌烟瘴气的夜总会消磨时间好得多。”

“啊哦。”我回答。

“你还能认识一些正派人。我打算介绍海明威小姐和她弟弟给你认识，他们是我新结识的好朋友。我想你一定会喜欢这位海明威小姐。她人又善良，话也不多，和如今伦敦那些胆大妄为的年轻丫头完全不同。她弟弟在多塞特郡奇普利幽谷[1]做助理牧师，他说他们和肯特郡的海明威家族有亲戚关系。这家人相当体面。这位小姐很讨人喜欢。”

我有种不祥的预感，觉得大难临头了。这么夸人简直不像阿加莎姑妈的风格，平时她可是伦敦社交圈子里最有名的挑剔精，无人能出其右。我吓出一身冷汗。果然，老天，我的疑窦不是乱生的。

“艾琳·海明威，”阿加莎姑妈说，“正是我理想的侄媳，伯弟。你也该考虑考虑成家了，结了婚你才能上进。我看再也找不到一个比艾琳更适合的人选了。她会给你的生活带来积极影响。”

---

1 虚构地名。

“哎，我说！”我忍不住插了一句，脊梁骨都凉了半截。

“伯弟！”阿加莎姑妈放下慈母的态度，冷冷地盯着我。

“是，可是我说——”

“伯弟，就是你这种年轻人，叫咱们这些以人类未来为己任的人灰心。你的不幸就是钱太多，所以整天无所事事，眼里只有自己，大好的一生不去发光发热，只知道挥霍光阴，无谓地寻欢作乐。你呀，伯弟，根本就是个无益于社会的动物，一只寄生虫。伯弟，你非结婚不可。”

“可，该死——”

“不错！你该生儿育女——”

“别，真是的，我说，求你了！”我脸红到了脖子根。阿加莎姑妈加入了两三个女性俱乐部，因此老记不得自己不是在吸烟室[1]。

“伯弟。”她充耳不闻，无疑还要开足马力长篇大论一番，幸而及时被打断了。“啊，他们来了！”她说，“艾琳，亲爱的！”

只见一男一女正朝我们走来，一副兴高采烈的样子。

“介绍一下，这是我侄子伯弟·伍斯特。”阿加莎姑妈说道，“他刚到。真没想到！我完全不知道他要来罗维尔。”

我打量着这对姐弟，觉得自己像只猫站在一大群猎犬中间。你明白我的意思吧，就是陷入了包围圈的感觉。内心有个声音悄

1　当时有身份的女士需有男伴才能出入各种公共场所，“一战”前伦敦已有数十所女士俱乐部，允许女士独自出入；吸烟室则是男士讨论“女士不宜”话题的场所。

悄说，伯特伦[1]此次凶多吉少。

那位弟弟矮矮胖胖，面孔颇像只绵羊。他戴着夹鼻眼镜，一脸大慈大悲，而且还打着罗马领，就是扣在脖子后的那种。

“罗维尔欢迎你，伍斯特先生。”他开口道。

“哎，西德尼！”那姐姐说，“你看伍斯特先生像不像复活节在奇普利讲道的布伦金索普教士？”

“哎呀！真不是一般的像！”

这两位盯了我一阵，仿佛我在玻璃箱里展出似的。我也回瞪着他们，并把这位小姐仔细地打量了一番。她果然和阿加莎姑妈口中“如今伦敦那些胆大妄为的年轻丫头”不一样。没剪齐耳短发，也没有吞云吐雾。我好像还没讲过谁这么——正经，就是这个词。她的裙子普普通通，发型也普普通通，面色平和，像圣人似的。我不想乱充福尔摩斯什么的，不过第一眼看到她，我就忍不住想：“这姑娘在教堂里弹管风琴！”

于是乎，我们先是彼此大眼瞪小眼，接着寒暄了一阵，然后我就告退了。不过脱身之前，不免被安排下午开车带这对姐弟出去兜风。一想到这，我大感抑郁，觉得只有一件事好做。我立刻回到房间，翻出腰封，绕在腰间。

我转过身，吉夫斯吓得一个倒退，像匹受惊的野马。

“抱歉，少爷。”他哑着嗓子说，“少爷不会是打算如此打扮出门见人吧？”

“你说腰封？”我装出漫不经心的随意口吻，故作轻松，“对，可不！”

---

1 Bertram，伯弟的本名，伯弟是其昵称。

“我建议不要，少爷，请少爷三思。”

“为什么？”

“少爷，其效果异常花哨。”

我断然予以驳斥。我是说，我比谁都清楚，一切吉夫斯说了算什么的，但该死的，自己的心灵总得自己做主吧。反正不能臣服于男仆。还有，我这会儿心情沉重，只有腰封能让我振作起来。

“知道吗，吉夫斯，你的问题，”我说，“就是你太——那个词怎么说来着？哦，太狭隘。你老是意识不到，咱们不是总住在皮卡迪利。像罗维尔这种地方，必须得穿点有颜色的、带点诗意的才好。就说刚才吧，我在楼下看见有个人穿着一套黄丝绒礼服。”

“话虽如此，少爷——”

“吉夫斯。”我坚定地说，“我心意已决。我现在有点意志消沉，需要打打气。再说了，这有什么不妥？我看这腰封正合适，颇有点西班牙风姿，透着西班牙贵族气。就是维森特·布拉斯科那个谁的劲儿[1]。英勇的贵族绅士登上斗牛场。”

“遵命，少爷。”吉夫斯冷冰冰地说。

这种事真叫人心烦。要说有什么事最叫我糟心，那就是家里闹不和。我感觉得到，这主仆关系要别扭好一阵子了。此外，再加上阿加莎姑妈钦点的海明威小姐那个乱摊子，坦白承认，我觉得自己是没人疼的孩子。

---

1　维森特·布拉斯科·伊巴涅斯（Vicente Blasco Ibáñez，1867—1928），西班牙政客、作家，尤其以作品改编的电影而著名，代表作《启示录四骑士》（1921）。

下午的兜风和料想的一样，无聊得发霉。那助理牧师先生有一搭没一搭地聊天，那位小姐欣赏风景，而我老早就头痛发作，从脚心开始，越往上越厉害。我跌跌撞撞地回了房间，换衣服吃晚餐，觉着自己备受欺凌迫害。要不是因为之前腰封的事，我准保要扑在吉夫斯的脖子上抽泣，把一腔烦恼哭诉给他听。就这样，我还是没能独自担着。

“我说吉夫斯。”我说。

“少爷？”

“调一杯浓白兰地苏打给我。”

“是，少爷。”

“要浓的，吉夫斯。少放苏打，多兑点白兰地。”

“遵命，少爷。”

一杯酒下肚，我好像舒服了一点。

“吉夫斯。”我说。

“少爷？”

“我觉得我是掉进火坑了，吉夫斯。”

“果然，少爷？”

我眯着眼看着他。他这态度也太淡漠了，还在揪着腰封那事不放。

“不错，烧到眉毛了。”我咽下了伍斯特家的傲气，想和他拉近一点距离，“你见没见过有个姑娘，总和那个牧师弟弟在一起的？”

“少爷是指海明威小姐？见过，少爷。”

“阿加莎姑妈希望我娶她。”

“果然，少爷？”

“嗯。你看怎么样？”

“少爷？”

“我是问你有什么建议没有？”

“没有，少爷。”

这家伙这么冷淡不友好，我只好咬紧牙关，努力装作无所谓。

“啊，那好，唰啦啦！”我说。

“所言极是，少爷。”吉夫斯说。

于是乎，也就这么着了。

# 4

# 珍珠似泪珠

我记得——准是念书时候的事了，因为现如今我不大有这种兴趣——读过一首诗还是什么之类的，里面有一句是这么写的（要是我没记错）：“儿童渐渐成长，牢笼的阴影便渐渐向他逼近[1]。”总之，我想说的是，接下来的两个星期里，这就是我的写照。我仿佛听见远处依稀响起了婚礼的钟声，日复一日愈发清晰。我绞尽脑汁也想不出脱身之策。吉夫斯肯定用不上几分钟就能想出十几条妙计，可惜他依旧冷冰冰爱答不理的，我也放不下身段直接开口。我是说，他明显看得到小少爷忧心如焚，但依旧碍于那条艳光四射的束腰带，结果呢，这家伙心中的忠仆精神已荡然无存，现在是无力回天了。

海明威这家人对我大有好感，真是好生奇怪。我还真说不上自己有什么特别吸引人的地方——说实话，大多数人都看我是头笨驴，但不得不承认，这对姐弟待我十分热络，好像一时看不见我就不放心。不管我往哪走，不是撞上姐姐就是遇上弟弟的，真

---

1 出自华兹华斯（1770－1850）《永生的信息》（*Ode: Intimations of Immortality from Recollections of Early Childhood*），杨德豫译。

要命，也不知道他们是从哪冒出来的，搞得我现在想放松就只好在自己屋里窝着。我给自己弄到了三楼一间很舒服的套房，窗户正对着林荫大路。

这天晚上，我正隐匿在房间里，一天下来终于觉得人生也不能算太难过。从午饭开始，那位海明威小姐就和我形影不离，还不是阿加莎姑妈，午饭一过就打发我们结伴去散心。结果呢，我望着灯火辉煌的大道，瞧见大伙开开心心地去赴晚宴或者去赌场什么的，一股向往之情油然而生。我不由得想，要是没有阿加莎姑妈和那两个讨厌鬼，我在这儿的开心法子可多着呢。

我叹了口气，这时响起一阵敲门声。

“外面有人，吉夫斯。”我说。

“是，少爷。”

他开了房门，原来是艾琳·海明威和她弟弟。我怎么也没想到会是这两位。我本以为至少在自己的房间里能清净一分钟吧。

“啊，嗨！”我打招呼。

“啊，伍斯特先生！”那位小姐有些气喘吁吁的，“真不知道该从何说起。”

我这才注意到，她神色十分慌张，至于她弟弟，看上去就像一只有心病的绵羊。

我见状直起身，打起了精神。我本以为他们是来寒暄一阵，不过看样子这是出了什么事。话虽如此，我却不明白他们怎么会来找我。

“有什么事吗？”我问。

“可怜的西德尼——都是我不好——我根本不该放下他一个人。”那位小姐激动得要命。

那位弟弟进门后剥下宽大的教士服，把帽子安放在椅子上，之后就默默地立在旁边。这会儿他突然轻咳一声，好像绵羊困在大雾弥漫的山顶上。

“事情是这样的，伍斯特先生。”他开口道，“这是件悲剧，说来极不光彩。今天下午，你好意陪家姐散心，我有点闲极无聊，忍不住诱惑，就——咳——去了赌场。”

我对他立刻生出一丝亲切感。这足以证明他体内同样流着冒险家的血，不得不说，他由此多了点人情味。要是早知道他也好这个，我想之前的相处也不会那么生分。

“哦！”我说，“你捞到没？”

他重重叹了口气。

“你的意思要是问我赢了没有，答案是否定的。我看到红点连续出现不下七次，于是草率地断定，不久必然会连出黑点。我估算失误，把身上的钱全输光了，伍斯特先生。”

“手气背啊！”我感叹。

“我从赌场出来，”这伙计接着说，“回了酒店，正巧遇到了我们教区的马斯格雷夫上校。他也在这儿度假。我于是，呃，用我伦敦的银行账户开了张支票给他，请他给我兑一百镑现金。”

“哦，这不是挺好吗？”我想鼓励这可怜人看到光明的一面，“我是说，运气挺不错的，手头正紧，立马就有人雪中送炭。”

“恰恰相反，伍斯特先生。事情反而更糟了。我真是羞愧得无地自容。我拿着钱，立刻回到赌场，结果又输得一干二净——这回我错误地预计黑点定然会——就是所谓的大满贯吧。”

“我说！”我叹道，“你还真是过足瘾了！”

“然而，”这家伙总结说，“整件事中最不幸的，是我的银行账户里并无积蓄，支票无法兑现。”

坦白承认，虽然我这会儿已经预感到事情的结局，晓得不久我就要狠狠地做个冤大头，但却忍不住对这可怜鬼心有戚戚。不错，我望着他，心中满是感叹和钦慕。我以前还没见过哪个助理牧师这么对胃口的。诚然，他看着不怎么像没见过世面的年轻人，但事实证明，他货真价实是块好料，我真希望他之前就对我表露过真性情。

“马斯格雷夫上校，”他有些勉强地说，“不会轻易罢休的。他是一副硬心肠，一定会报告我的牧师。我那位牧师也是一副硬心肠。总而言之，伍斯特先生，一旦他去兑支票，我这一生就毁了。他今天晚上就启程回英国。”

做弟弟的坦白交代期间，那位小姐一直在那儿咬手绢，还不时弄出咯咯的动静。这会儿她又开口了。

“伍斯特先生。”她喊道，“我求你，求你帮帮我们！啊，你一定得答应！我们得在九点之前凑钱给马斯格雷夫上校，把支票换回来！他坐九点二十分的车走。我本来走投无路，突然想到你一直对我们照顾有加。伍斯特先生，你能不能借钱给西德尼？我把这个给你作抵押。”我还没反应过来是怎么回事，她已经从手袋里摸出一个首饰盒打了开来。“我这串珍珠，”她说，“是我已故的父亲送的礼物——虽然我也不知道值多少。”

“呦，这可不行——”她弟弟插嘴道。

“但我相信，一定比我们需要的数目多得多。”

真是好不尴尬，好像我是典当商似的。这事弄得，和亮出手表也太雷同了。

“不，我说，这哪成。”我推托道，“哪用得上什么抵押，咱们别废话了。我很乐意借钱给你，这会儿我身上就有现金，刚巧今天上午取的。”

我掏出钱递过去。那位弟弟摇摇头。

“伍斯特先生，”他说，“我们很感激你慷慨大度，你这么信任我们，我们很感动。但我们不能接受。”

“西德尼是想说——”那位小姐接口，“说到底，你其实对我们一无所知。你不能平白借钱给两个陌生人，一点抵押都不要。你自然是公事公办的，这我早就想过，否则也根本不敢来求你帮忙。”

“要是把珍珠拿到——咳，当地的Mont de Pieté[1]作抵押，想必你也明白，我们自然做不出来。”弟弟接着说。

“还烦请你写张收据给我，出于形式礼节——”

“哦，行啊！”

我写好收据递给她，多少觉得自己是个大傻子。

“给你。”我说。

她接过字条，塞进手袋里，又一把抓过钱递给西德尼，然后，还没等我反应过来，就冲过来吻了我一下，然后就拔腿走了。

不得不说，我震惊了。这也太突然、太意外了。我是说，像她这种姑娘，娴静端庄什么的——怎么也想不到她还会主动吻人家。我眼前一片雾蒙蒙的，恍惚见到吉夫斯从背景处浮现出来，正帮那弟弟穿外衣。我记得当时胡乱想，人怎么受得了把自己套

1 [法]当铺。

进这种玩意儿呢？与其说是件衣服，不如说是麻袋还差不多。他穿好后走过来握住我的手。

“真不知道怎么感谢你才好，伍斯特先生！”

“哎，别客气。”

“你挽救了我的名誉。无论男人女人，我的好主，”他相当激动地按摩着脑瓜，“名誉是他们灵魂里面最切身的珍宝。谁偷窃我的钱囊，不过偷窃到一些废物，它只是从我的手里转到他的手里，而它也曾做过千万人的奴隶。可是谁偷去了我的名誉，那么他虽然并不因此而富足，我却因为失去它而成为赤贫了[1]。我打心底里感谢你。晚安，伍斯特先生。”

“晚安，老伙计。”我说。

门关上了，我冲吉夫斯眨了眨眼。“这事怪可怜的，吉夫斯。”我说。

“是，少爷。”

“还好我手头有现钱。”

“这——呃——是，少爷。”

“听你好像不大赞同。”

“我无权批评少爷的做法，不过冒昧说一句，我认为少爷不免有些冲动。”

“什么，你是说借钱？”

“是，少爷。法国这些流行的温泉胜地吸引了不少鼠窃狗偷之徒，这是尽人皆知的。”

这么说可有点不公道。

---

1 出自莎士比亚戏剧《奥赛罗》（朱生豪译），略有改动。

“听着，吉夫斯。”我说，“我一般都不介意，不过要是你对人家堂堂的神职人员也出言不什么来着——”

“也许是我疑心过重，少爷。总之，类似的伎俩我见过不少。来少爷手下做事之前，我在弗雷德里克·拉内拉赫勋爵府上当差，勋爵就曾为一个巧妙的骗局所害，我想那个骗子绰号是‘泥鳅鱼西尼’。他在蒙特卡洛和我们不期而遇，当时身边还有一个女性从犯。”

“我不想打断你追思往事，吉夫斯。”我冷冷地说，“不过你根本是胡说。我这事哪能有什么猫腻？人家不是留下了珍珠吗？所以嘛，说话前要考虑清楚。好了，你最好跑一趟前台，把东西送到酒店保险柜放好。”我打开首饰盒，“哎呀，天哪！”

这见鬼的盒子里空空如也！

“哎哟，神哪！”我惊呆了，“可别说，难不成我还真被人下了套了！”

“正是，少爷。这场骗局和刚才所说的弗雷德里克勋爵的遭遇如出一辙。趁那位女性同伙感激地拥抱勋爵时，‘泥鳅鱼西尼’用另一只首饰盒偷天换日，由此一并带走了珠宝、现金和收据。之后，他凭借收据向勋爵索要珍珠，勋爵遍寻不着之下，只好支付高昂的赔偿。这个圈套虽然简单，却屡试不爽。”

我好像踩漏了一级台阶，猛的一个惊觉。

“‘泥鳅鱼西尼’？西尼！西德尼神父！哎呀，老天，吉夫斯，你看这个牧师就是‘泥鳅鱼’不成？”

“是，少爷。”

“但也太不可思议了。他的领子可是扣在脖子后的呀。我是说，主教都能被他骗了。你真觉得他就是‘泥鳅鱼’？”

“是，少爷。他一进房间，我立刻就认出来了。”

我瞪着这家伙。

“你认出他了？”

“是，少爷。”

“那，见鬼。”我大为激动，“你怎么不早告诉我呢？”

“我以为，为免多生事端造成不快，不如趁帮他穿外套时直接从他口袋里取出首饰盒为妙。就在这儿，少爷。”

他拿出一只首饰盒，摆在桌上那只假盒子旁边，天呀，足以以假乱真。我打开盒子，那串珍珠正好端端地躺在里面，亮闪闪地冲我微笑。我有气无力地看着他，不胜激动。

“吉夫斯。”我说，“你绝对是个天才！”

“是，少爷。”

这会儿我的感激之情汩汩地涌出来。多亏了吉夫斯，免得我被讹去几千镑。

“我看你救了咱们这个家。我是说，就算老好的西尼再厚颜无耻，也不大可能折回来取走这宝贝吧。”

“相信不会，少爷。”

“那就好——哦，我说，你看这玩意儿不会是纸糊的吧？”

“不，少爷。这串珍珠如假包换，并且价值不菲。”

“那，哎哟，该死，我赚到啦。这可不是美美地赚了一笔嘛！虽说是丢了一百镑，但多了一串珍珠啊。我说得对不对？”

“只怕未必，少爷。我想少爷需要把珍珠物归原主。”

“什么？还给西尼？除非我进了棺材！”

“不，少爷，我是指真正的主人。”

“哪个才是真正的主人？”

“格雷格森夫人，少爷。”

“什么？你怎么知道？”

“一个小时以前，格雷格森夫人的珍珠被盗，酒店里已传得沸沸扬扬。少爷回来前不久，我正在和格雷格森夫人的女佣说话，她说这会儿酒店经理就在夫人的套房里。”

“他有苦头吃了，是不是？”

“料想如此，少爷。”

我开始明白怎么回事了。

“我这就去把东西还给她，啊？就算她欠我一个人情？”

“正是，少爷。此外，我可否建议少爷，不妨借此强调偷窃珍珠的人是——”

“天哪！就是她非逼我娶的那个鬼丫头，老天！”

“正是，少爷。”

“吉夫斯。”我说，“这一定是我这位亲戚有史以来最大的一出洋相啦！”

“并非没有可能，少爷。”

“能让她消停一阵吧？好一段日子不会挑我的刺儿了？”

“应该有此效果，少爷。”

“好家伙！”我一边感叹，一边奔向房门。

还没到阿加莎姑妈的老巢，我远远就感到她在大兴问罪之师。只见走廊里站满了形形色色穿制服的小伙子，还有不少女佣之类的，隔着木板门，我听见一堆人吵吵嚷嚷的，其中以阿加莎姑妈的声势最壮。我敲了敲门，但没人理我，于是我就踱步进去。我看到在场的有一位女仆正在歇斯底里，阿加莎姑妈头发竖立着，另外还有那个貌似土匪的大胡子，那是酒店经理。

“啊，嗨！”我开口，“嗨——哎——哎！”

阿加莎姑妈一个嘘声飘来，分明是不欢迎我伯特伦。

“这会儿别来烦我，伯弟。”她怒气冲冲，好像见到我终于忍无可忍了。

“出事了？”

“是是是！我那串珍珠丢了。”

“珍珠？珍珠？珍珠？”我反问，“不是吧？真烦人。你上一次见到是在哪儿？”

“我上一次见到是在哪儿，这有什么关系？反正是被偷了。”

此话一出，那个胡子王好像歇息够了，站出来开始另一回合的奋战。他飞快地说着法语，很激动的样子。那位女仆就在角落里呜呜哀嚎。

“你确定到处找过了？”

“我当然到处找过了。”

“这，你知道的，我常常丢了袖扣，然后——”

“伯弟，别在这儿气我了！现在够我烦的了，没空由着你犯傻。唉，闭嘴，闭嘴吧！”她这一嗓子怒吼就像军士长，又像隔着迪之沙吆喝牲口回家[1]。她的人格有如此之魄力，那胡子王立刻没了声音，好像碰了壁。那女仆倒是声势不减。

“我说，”我接着说，“我看这丫头有什么事吧。她这是哭了还是怎么着？你可能还没发现吧，我的观察力一向很敏锐

---

1 引自英国作家查尔斯·金斯莱（Charles Kingsley，1819—1875）的诗作《迪之沙》（*Sands of Dee*）。

的。”

“她偷了我的珍珠！我知道是她！”

此言一出，那胡子专家又开始了，用不了几分钟，阿加莎姑妈就亮出了太君的派头，使出通常专门用来奚落餐厅侍应的声调，叫那土匪尝尝厉害。

“先生，我跟你说第一百次——”

“我说——”我接口，“我不是想打断你的思路什么的，你看看，这是不是你那些宝贝？”

我从口袋里掏出珍珠，举在面前。

“看着像是珍珠，是吧？”

这么带劲的场景，我大概是头一回遇到。日后我得好好地讲给孙儿听——要是我有孙儿的话，不过依据目前形势判断，概率是百分之一。我眼睁睁地看见阿加莎姑妈瘪下去了，我以前看过人家给气球放气，就是那副样子。

“哪儿——哪儿——哪儿——”她像噎着了。

“是从你那位朋友海明威小姐那儿来的。”

她还是没明白。

“海明威小姐那儿？海明威小姐！可是——又怎么会到了她手里？”

“怎么会？”我反问，“因为是她偷的呗。顺手牵羊！浑水摸鱼！因为她做的就是这个营生，见鬼——在酒店里跟毫无戒心的客人套近乎，再趁机顺走他们的珠宝。我不知道她的真名，不过她那个兄弟，那个领口反着系的家伙，黑道上人称‘泥鳅鱼西尼’。”

她眨了眨眼。

“海明威小姐是小偷！我——我——”她住了口，有气无力地望着我，“你又是怎么把珍珠找回来的，我的好伯弟？”

“这个不用理会。”我干脆地说，“我自有妙计。”我搜罗了浑身上下全部的男子气概，低声祈祷了一句，狠狠地摆了个脸色给她瞧。

“我有句话不得不说，姑妈，真要命。”我厉声说，“我看你也太粗心大意了。这里每间卧室都贴着通知，告诉大家经理办公室有保险箱，珠宝之类的珍贵物品应该拿去寄存，可你却坚决置之不理。结果呢？你才遇见一个小偷，人家就径直进了你的房间，把珍珠窃走了。可你非但不肯承认错误，还对这位可怜的先生劈头盖脸一顿训斥。你对这位可怜的先生简直太不公道了。”

“对啊对啊。”那可怜的先生喃喃应和。

“还有这个无辜的丫头，人家呢？她又是怎么个说法？你口口声声说她偷了东西，却压根就没有证据。我看，她应该告你——不管什么罪了，叫你赔一大笔损失费。”

“Mais oui, mais ouis, c' est trop fort! [1]”那土匪头子大喊，很讲义气的样子。那女仆终于试探地抬起头，似乎预感雨过天晴了。

“我会赔偿她的。”阿加莎姑妈有气无力地说。

“按我的建议，你非赔不可，而且还得麻溜赶快地。人家可是铁证如山，要是换作我，低于二十镑的，我一分也不要。还有，最叫我气不过的就是你还冤枉了这位可怜的先生，差点让人家酒店坏了名声——”

“对，去死的！太坏了！”胡子大圣大喊，“你这个粗心的

---

1 [法]对，对，太过分了！

老太太！坏了我们酒店的名声，是不是？明天你就搬走，看在老天份上！”

此外还有一番话，意思都差不多，都是好料。不一会儿，他说够了，就和那女仆一起走了，后者捏着一张崭新的十镑钞票，手如虎钳一般。我估计出了门以后她得和土匪均分。法国酒店经理绝对不会白白看着钞票溜走，怎么也得算自己一份。

我转身望着阿加莎姑妈，她现在的状态就像在铁轨边采摘野花时腰间被出城特快列车剐了。

“我不是想落井下石，姑妈。”我冷冷地说，“不过我想在此指出，偷你珍珠的那位小姐，正是你千方百计叫我娶的那位。老天爷！你想过没有，要是我们真成了，估计以后的孩子就得趁我哄他们玩儿的时候顺走手表？我一向不爱发牢骚，但是我不得不说，下次你怂恿我娶谁的时候，真应该多留神点。”

我给了她一个眼神，转身走了。

“晚上十点整，今夜万里无云，相安无事[1]，吉夫斯。”我信步折回老好的房间。

“听来令人欣慰，少爷。”

“这二十镑希望你用得上，吉夫斯——”

“多谢少爷好意。”

一时间我们没有话说。然后——唉，我痛下决心。我解下腰封递给他。

“少爷想我去熨一熨？”

1 守夜人用语。

我最后又依依不舍地看了一眼。这可是我的心头宝啊。

“不。”我说，“拿走吧，去送给穷人家——我往后都不会戴了。”

“非常感谢，少爷。”吉夫斯回答。

# 5

# 伍斯特伤了自尊

要说有什么是我喜欢的，那就是过安生日子。有些人不折腾就觉得无聊郁闷，我就不是这种人。对我来说没什么所谓平淡，只要饮食规律，隔三岔五地看一场像样的音乐演出，再有一两位哥们结伴，我就别无所求了。

因此呢，这个刺激一出现，就显得格外刺激。我从罗维尔回来的时候，琢磨着从此以后再也不会有什么事能烦着我了。据我估计，阿加莎姑妈要从海明威这场意外中恢复元气，好歹也得一年时间吧。除了阿加莎姑妈呢，其实也没什么人真正能叫我寝食难安的。我只觉得天空一片湛蓝——打个比方，万里无云。

我何曾想到……好了，事情经过如下，请各位评评理，是不是足以给人添堵。

吉夫斯每年都要告假几个星期，到海边还是什么地方休养生息。当然了，他一不在我就乱了套了，不过也总得扛着吧，于是我就扛了。此外还得说，他总能找个挺靠谱的家伙替我打点。

话说又到了这个时候，吉夫斯正在厨房里跟这位替补交代注意事项。我正巧想找张邮票还是什么的，于是穿过走廊找他要。

这个混蛋没关厨房门，我还没走两步，他的声音就清晰地传到了耳边。

“伍斯特先生。”只听他对替工说，“这位年轻绅士非常友好可亲，不过心智不高，可以说毫无心智。智力上，他可谓乏善可陈，相当乏善可陈。”

嗨，我说，什么玩意儿!

严格来说，想必我该立刻冲进去，疾言厉色地教训这家伙一顿。不过我怀疑教训吉夫斯这事是人力所不能及的。个人来说，我连试都懒得试。我不动声色地吩咐他准备帽子和手杖，然后就出门了。但是，这事总在心里掖着，这么说各位懂吧。咱们伍斯特对人对事可不是轻易忘怀的。当然了，有些事上是，比如约会啦、谁的生日啦、寄信啦什么的，但是上述这种见鬼的侮辱绝不会忘。我气闷得跟什么似的。

我就这么气闷着，走进巴克俱乐部[1]，坐到牡蛎吧台点了杯酒。我当时尤其需要来杯酒壮胆，因为我马上要去和阿加莎姑妈吃午饭。这可是个苦差事，不管各位信不信，虽然我相信经历了罗维尔那场风波，她必然锐气大减，情绪会相当和蔼。我刚灌下一杯，正在慢慢品着第二杯，开始觉得尽可能地振作了，这时东北方向传来一个含混的声音招呼我。我一转头，看见炳哥·利透正倚在角落里，全力嚼着一截相当可观的芝士面包。

“哎哟喂！”我说，“好久不见啦。你最近不在伦敦，是吧？”

“是啊，我到乡下去了。”

1　男士俱乐部，位于克里福德街18号，成立于1919年，创始人为巴克马斯特船长。

“嗯？”炳哥痛恨乡下，这点谁都知道。“在哪儿？”

“汉普郡，一个叫迪特里奇的地方。”

“不是吧？我认识一家人就住在那儿。格洛索普一家，你认识吗？”

“哎呀，我正是住在那！”炳哥说，“我在给格洛索普家的小子当家庭教师。”

“为什么？”我不敢想象炳哥还能当家教。不过说起来他也算牛津毕业的，估计偶尔用来忽悠几个人也是不成问题的。

“为什么？当然是为钱啦。海多克公园[1]第二场跑马赛出了个大冷门，”炳哥恨恨地说，“我一个月的生活费就这么泡汤了。我又不敢问我叔叔要，所以就跑去职业介绍所找工作啦。我去了有三个星期了。”

“我还没见过那位小公子。”

“别见！”炳哥简短地说。

“其实他家里我也只认得那位小姐。”我这话刚出口，炳哥的脸就产生了奇妙的变化。只见他双眼凸出，脸泛红晕，喉结上上下下，就像打靶场喷泉顶上的橡皮球。

“哦，伯弟呀！”他好像被掐住了咽喉似的。

我很担心地看着这只可怜虫。我知道他老是动不动就爱上谁，但是爱上霍诺里娅·格洛索普，这也太不可思议了。依我看，这位小姐无异于毒药罐。高大聪慧、精悍上进，就是现如今大批涌现的那种姑娘。她出身格顿学院[2]，念书的时候，除了把大脑扩充到了无以复加的程度，还热衷各种各样的运动，结果练就

1 Haydock Park，赛马场，位于英国西部默西赛德郡。

2 剑桥大学女子学院，成立于1869年。

了一副中量级擒拿摔跤手的身材。我怀疑她还进了校拳击队。总之，每次她一出现，我只想躲进地窖里，悄悄地等着警报解除。

可是这炳哥明显是给迷住了。一点也不错，只见这家伙眼睛里闪着爱的光芒。

“我崇拜她，伯弟！我崇拜她踏过的每一寸土地！”这病号以气贯云霄之势高声宣布。弗雷德·汤普森[1]还有一两个家伙走了进来，吧台后面的麦加里[2]正呼扇着耳朵听着，但是炳哥毫不避讳。我常常觉得他就像音乐喜剧里的男主角，站在舞台正中，招呼兄弟们围拢过来，听他敞开嗓子歌颂自己的爱情。

“你跟她表白了没有？”

“没有，我不敢啊。晚上我们常常到花园散步，有时候我觉得，她眼里有种神采。”

“我知道那表情，像军士长吧？”

“才不是！像温柔的女神。”

“慢着，老兄。”我说，“你确定咱们说的是同一个人？我说的是霍诺里娅。她是不是还有个妹妹我不认识的？”

“她芳名正是霍诺里娅。”炳哥崇拜地吼道。

“你觉得她像温柔的女神？”

“像啊。”

“老天保佑！”我说。

“她走来风姿幽美，好像无云的夜空繁星闪烁；明与暗的最

1 Fred Thompson（1884—1949），英国作家，曾与伍德豪斯合写音乐剧《金蛾》（*The Golden Moth*，1921）。

2 McGarry，巴克俱乐部的第一任酒吧侍应，发明了著名的“巴克鸡尾酒”（Buck’s Fizz）。

美的形象，交集于她的容颜和眼波[1]。再来一截芝士面包。”他吩咐吧台后的侍应。

“你这是补充体能啊。”我说。

“这是午餐。我待会儿要到滑铁卢车站接奥斯瓦德，坐一点十五分的火车回去。我今天带他到城里看牙医来着。”

“奥斯瓦德？就是那小子？”

“对，一大祸害。”

“祸害！我差点忘了，待会儿要和阿加莎姑妈吃午饭。我这就得走了，不然准迟到。”

自从珍珠风波以后我还没见过阿加莎姑妈，虽然我料想有她陪着啃骨头没什么乐子可言，但我自信，有一个话题她绝对不会碰，那就是我的婚姻大事。我是说，阿加莎姑妈在罗维尔出了这么大个纰漏，可以想见，她羞耻心作祟，至少也得歇上一两个月吧。

但是女人啊真叫我甘拜下风。我是说，看人家这勇气。大家可能信不过，反正她一上来就是这茬。绝对是这茬，我庄严发誓。我们才不过说了句今天天气哈哈哈，她就打开了话匣子，脸都不红一下。

“伯弟呀。”她开口道，“我最近又在想你的事，你必须得结婚。我承认，上次在罗维尔看错了那个虚伪的坏丫头，但是这回绝对不会有错。机缘巧合，我替你物色了一个再合适不过的对象，是我新近认识的，不过她的背景绝没有问题。她家产丰厚，不过这对你也无所谓。关键就是这位小姐自强自立、见识过人，正好抵消了你性格上的不足和弱点。而且她也认识你，自然，你

1 拜伦名诗《她走来，风姿幽美》（*She Walks in Beauty*）（杨德豫译）。

有什么叫她看得上的优点呢是说不上了，不过她倒也不讨厌你。这一点我清楚，因为我探过她的口风——当然，我的方式很委婉——所以我相信，只要你迈出第一步——”

“是谁？”我早就想问了，可是由于震惊过度，面包卷卡在了喉咙里，这会儿面色才刚由青紫转为正常，气管里总算吸入了一点氧气，“是谁？”

“罗德里克·格洛索普爵士的千金，霍诺里娅。”

“不，不！”我吓得脸煞白。

“别傻了，伯弟，她做你的贤内助最合适不过。”

“是，可是——”

“她会改造你。”

“可我不想让人家改造。”

阿加莎姑妈飞来一个吓人的眼神，小时候她每次发现我偷吃果酱都是这个眼色。

“伯弟！你不会是想不听话吧？”

“这，可我——”

“承蒙格洛索普夫人一番心意，请你去迪特里奇公馆小住几日。我回话说你很乐意明天就过去。”

“不好意思，我明天有个特别重要的约会。”

“什么约会？”

“这，呃——”

“你哪有什么约会，就算是有也得给我推掉。伯弟，要是你明天不赶到迪特里奇公馆，我会非常不高兴。”

“哦，好啦！”我说。

告别阿加莎姑妈两分钟不到，咱们伍斯特不屈不挠的精神就复苏了。虽然眼前这回凶多吉少，但我心中不由生出一股莫名的兴奋感。纵然身处险境，但我觉得，越是艰险，我就越能叫吉夫斯好看——这次我完全不要他帮忙，我要单枪匹马摆脱困境。当然，放在平时，我准会跟他商讨，假手于他解决难题。但是听到他在厨房里说的那番话以后，我死也不能自降身段。到家以后，我在他面前表现得泰然自若。

“吉夫斯，”我说，“我有个小麻烦。”

“很遗憾，少爷。”

“是啊，可以说是个绝境。其实呢，我是困在悬崖边上，大难临头。”

“或许我可以略尽绵力，少爷——”

“哦，不用不用。多谢啦，不过不用。不麻烦你。我相信自己就能解决。”

“遵命，少爷。”

于是就这么结了。不得不说，我希望这家伙能表现出一点好奇心，不过吉夫斯就是这德行，七情六欲都藏在面具后面，这么说大家懂吧？

第二天下午我抵达迪特里奇的时候，霍诺里娅恰巧不在。她母亲说她正在附近的布莱斯韦特家里做客，第二天才回来，并且会带着这家的千金来小住。她还说奥斯瓦德正在庭院里，做母亲的话里全是爱意，好像庭院为此魅力大增、让人无法抗拒似的。

迪特里奇的庭院倒还真是像样。几处凉台，一块草坪，中间立着一棵雪松、一丛灌木，外加一泊小巧精致的湖水，上面还架着一座石桥。我刚绕过灌木丛，就看见炳哥正倚着桥抽烟。桥上还有个小孩正坐着钓鱼，我估计就是奥斯瓦德那个害人精了。

炳哥见到我又惊又喜，又介绍给那小孩认识。他可能也又惊又喜，不过却不露声色，一如外交官。他看了我一眼，微微扬了扬眉毛，又继续钓他的鱼。他就是那种目中无人的小少爷，让你觉着自己念错了学校，衣服也不合身。

“这位是奥斯瓦德。”炳哥说。

“那，”我亲切地寒暄，“三生有幸。你好吗？”

“哦，还行。”那孩子说。

“这是个好地方。”

“哦，还行。”那孩子说。

“鱼钓得怎么样？”

“哦，还行。”那孩子说。

炳哥把我带到一边说话。

“可爱的奥斯瓦德总是这么口若悬河喋喋不休，偶尔会不会叫你头疼？”我问。

炳哥叹了口气。

“这事好难呀。”

“什么好难？”

“爱他呀。”

“你爱他？”我大吃一惊。我以为是人都做不到。

“我在努力。”炳哥回答，“为了伊人。她明天回来，伯弟。”

“我听说了。”

“她来了，我的爱，我的[1]——”

1　模仿丁尼生的《摩德》（*Maud*）：她来了，我的生命，我的主宰/她来了，我的亲人，我的宝贝。（黄果炘译）

“可不。”我说，“咱们再回头说说奥斯瓦德。你得整天对着他？你是怎么熬过来的？”

“哦，他不怎么让人操心。不上课的时候，他就一直坐在桥上，说要钓小鱼。”

“你干吗不把他推下去？”

“推下去？”

“一眼望去，我就觉得非推不可。”我备感厌恶地望着那小子的背影，“让他警醒警醒，改改不知好歹的态度。”

炳哥有点渴望地摇摇头。

“你这个建议很吸引我。”他说，“但只怕不行。你瞧，伊人不会原谅我的，她特别疼爱这个小混蛋。”

“天呀！”我大喊一声，“有了！”不知道各位有没有这种感觉，就是灵光一闪的时候，脊梁骨上一个激灵，从那柔软服帖的领子一直打到鞋跟？想必吉夫斯随时随地是这种感觉，但我却不常体会。但此时此刻，大自然仿佛齐刷刷地对我呼喊：“你中了！”我一把抓住炳哥的胳膊。他好像被马咬了一口似的，那精致如石雕的面孔痛苦地扭曲了，并开口问我究竟搞什么鬼。

“炳哥。”我说，“吉夫斯会怎么做？”

“什么意思，吉夫斯会怎么做？”

“我是说，他对你这种情况会有什么建议，你不是想叫霍诺里娅·格洛索普对你另眼相看什么的吗？据我分析，他会建议你躲在那边的灌木丛后边，建议我想个理由把霍诺里娅引到桥边，然后等时机成熟，建议我冲这小子后背猛地一推，让他扎进水里，然后建议你跳下去把他拖上岸。怎么样？”

“伯弟，这不会是你自己想出来的吧？”炳哥一副肃然起敬的样子。

“没错。有办法的可不止吉夫斯一个。”

“简直太聪明了。”

“也就是个建议。”

“我想来想去只有一个不足，那就是你可有得尴尬了。我是说，万一这小子说是你把他推进去的，伊人可不会待见你的。”

“这我倒无所谓。”

他深深地感动了。

“伯弟，你真豁达。”

“没没。”

他默默地握着我的手，喉咙里咕咕作响，像浴缸排水排到最后那种动静。

“你在想什么？”

“我就是想，”炳哥说，“奥斯瓦德这回得湿成什么样啊。啊，快乐的日子[1]！”

1　指赞美诗《快乐日歌》（*Oh, Happy Day*），英国作家菲利普·多德里奇（Phillip Doddridge，1702—1751）作。

# 6

# 英雄抱得什么归

不知道各位注意过没有，说来也奇怪，这世间万事万物好像总有点美中不足。我这出妙计呢可谓万无一失，但也有个小瑕疵，就是吉夫斯不能在场看我发挥。不过除此以外可谓天衣无缝了。瞧，这事妙就妙在不可能出岔子。大家准清楚，一般情况下，你想趁某甲在乙地的时候让某丙到丁地去，这随时可能出乱子。打个比方吧，就说某个将军计划展开重要行动。他命令一号部队夺取有磨坊的山坡，与此同时，二号部队正在山谷里占领桥头堡还是什么的。结果弄得乱七八糟。是夜大伙聚在营帐里聊起来，一号部队上校说："哟，不好意思！你说的是有磨坊的山坡？我听着是有羊群的山坡啊。"你看吧！不过我这出戏里绝不会出这种乱子，因为奥斯瓦德和炳哥会准时就位，所以我只要计划好把霍诺里娅按时带过去就行了。结果呢，我一试就成功了。我请她陪我到庭院去散散步，因为我有些话想单独对她说。

她是午饭后不久和那位布莱斯韦特小姐一同开车回来的。我和这位小姐相互寒暄过，她身材高挑，金发碧眼，我对她挺有好感——她和霍诺里娅是天差地别呀。要是有空的话，我很乐意跟她说一会儿话。

但是公事在先——我和炳哥定好，他三点整就在灌木丛后藏好，而我这边就负责把霍诺里娅引到庭院，往湖泊方向走。

“你好沉默，伍斯特先生。”她说。

我不由得吓了一跳，因为我正全神贯注地想事。这会儿我们已经能望见湖面了，我敏锐地放眼观察四周，看看是否一切就绪。

一切按部就班。奥斯瓦德正弓着身子坐在桥上，炳哥则完全不见踪影，估计是就位了。我看了看表，三点刚过两分钟。

“呃？”我说，“哦，啊，对。我在想事。”

“你刚才说有些要紧话对我说。”

“可不！”我决定，一开场需要为炳哥做一点铺垫。我是说，先不指名道姓，但是让霍诺里娅有个心理准备，知道虽然不可思议，不过的确有个人一直默默地爱着她什么的。“是这样的。”我说，“听着好像很难相信，不过有人一直深深地爱着你——是我的朋友，知道吧？”

“哦，你的朋友？”

“对。”

她貌似笑了一声。

“那，他怎么不直接对我表白呢？”

“哦，是这样的，他就是这种脾气。有点没自信，犹豫不决的，他不敢。觉得自己配不上你，知道吧？他敬你如女神一般，崇拜你踏过的每一寸土地，总之就是没胆量跟你说。”

“我倒很感兴趣了。”

“不错。他人不坏，知道吧？本质上。也许是有点笨吧，不过心是好的。好了，就是这个情况。你会记在心上的吧？”

"你太有意思了！"

她仰起头大笑起来，活力四射的。她的笑声很有点震耳欲聋，像火车通过隧道。我听着不怎么悦耳，对奥斯瓦德那小子来说，简直就是刺耳。他瞪着我们两个，一脸厌恶。

"你们别瞎嚷嚷行不行？"他说，"把鱼都吓跑了。"

这下好像打破了咒语。霍诺里娅换了个话题。

"我真不喜欢奥斯瓦德那么坐在桥上。我看太不安全了，很容易掉下去的。"

"我去提醒他一下。"我说。

我估计此刻我和那小子之间的实际距离不到五码，但我却觉得足有一百码。等我开始迈向那未知的远方时，我有种奇怪的似曾相识的感觉。我突然想起来了，多年以前，在一个乡间聚会上，我被迫参加了一个业余话剧表演，扮演管家的角色，那次是为了给讨厌的慈善活动还是什么捐款的。我那个角色第一个上台，要从左上方入场，端着托盘穿过空荡荡的舞台，摆到最右侧的桌子上。排练的时候他们千叮咛万嘱咐，叫我千万不能三步并作两步，搞成竞走比赛；于是登台的时候我就一直踩着刹车，结果搞得好像怎么也走不到那张破桌子。舞台在我眼前铺开，如同一望无际的沙漠，而且大家还都屏息凝神的，好像宇宙万物都抛开了一切，全心全意注视我一个人。好了，此刻这种感觉又重现了。我只觉得嗓子眼里干得冒烟，每迈出一步，那小子就离我越远，然后突然间，我发现自己已经站到了他身后，话说我完全不记得是怎么走到那儿的。

"嗨！"我堆出一个醉人的笑脸，可惜白费功夫，这小子压根就懒得转过身看我。他动了动左耳，很不耐烦似的。我这辈子还没遇见过哪个人这么不把我当回事的。

“嗨！”我说，“钓鱼呢？”

我伸出手搭在他肩膀上，像兄长那样。

“嘿，小心！”这小子根基不稳，开始摇晃。

所谓机不可失时不再来，眼下就是一例。我闭上双眼，用力一推。我感觉手前空了。只听一阵手忙脚乱的挣扎、一声短促的呼喊、一阵长长的尖叫、一声“扑通”。时间就这样静静地流淌——打个比方。

我睁开眼，见到那小子刚刚从水里露出脑袋。

“救命啊！”我喊了一声，斜眼瞧着灌木丛，炳哥该现身了。

并没有下文。炳哥丁点身也没现。

“哎！我说救命啊！”我又喊了一声。

我不是想跟各位啰唆我的舞台生涯，只是在此不得不略微提一点上次出演管家的那一幕。按剧本，我把托盘放在桌子上后，就轮到女主角登场，念几句台词，然后我就可以撤了。可惜演出那一晚，这位糊涂女子忘了在旁边候场，搜查队整整花了一分钟才找到她人，赶紧把她推上场。这期间我就一直杵在台上傻等。那感觉真是烂透了。相信我，这会儿也一样，并且有过之而无不及。我突然理解了那些作家常说的一句话：时间凝固了。

与此同时，奥斯瓦德这小子八成正在英年早逝的路上，我开始琢磨是不是得采取点行动。虽然这段时间相处下来我对他没什么好感，不过就这么由着他夭折也说不过去。我从桥上一望，那一池湖水脏兮兮的，万分没有吸引力，但看来也没别的办法了。我扯下外套，纵身一跃。

说来奇怪，穿着衣服下水和洗澡相比怎么湿这么多呢？相信我，就是这么个感觉。我下水也才不过三秒钟吧，但感觉完全像报纸上说的那样，“明显在水里泡了几天”，又潮又冷，整个人都肿了。

此时，情节又生波折。我一浮出水，就想着抓住那小子，大无畏地拖着他游向岸边。但他根本没等着谁拖。我刚把眼睛里的水挤干净，开始环顾四周，就看见他在我前方约十码处，正奋力前进，用的大概就是所谓的“澳式爬泳”。眼前这一幕只叫我心灰意冷。我是说，所谓救人呢，关键就在于当事人一方得待在原地，基本保持一动不动。要是他自己就游走了，而且还至少领先四十码，那你算什么呀？这下全部计划落空，我看此刻我能做的也只有先游上岸再说，于是就往岸边游去。等我上了岸，那小子正在回屋子的半路上。随便各位从哪个角度看，都是白忙活一场。

我正沉思着，却被一阵声音打断，听着像特快列车通过桥洞。原来是霍诺里娅·格洛索普的笑声。她站在我肘边，看我的神色颇有点古怪。

“哦，伯弟，你真有意思！”她说。即使在那一刻，我也觉得这话里透着不祥。她以前从来都是称呼我“伍斯特先生”的。“瞧你湿的！”

“是，我浑身都湿了。”

“你还是赶快回屋里换身衣服吧。”

“是。”

我拧着衣服，大概绞了一两加仑的水出来。

“你真有意思！”她又说了一遍，“先是拐弯抹角地跟我表白，然后又把可怜的小奥斯瓦德推到湖里，想用救他这出戏来打动我。”

我把嗓子里的水吐得差不多了，终于能开口纠正她这个可怕的印象。“不，不！”

“他说是你推的，而且我也看到了。哦，我不生你的气，伯弟。我觉得你太可爱了。不过我相信是时候了，你的事以后就由我负责，你也确实需要个人来照顾。你是看电影看得太多了，估计接下来你得计划放火烧房子，再演一出英雄救美吧？”她望着我，好像把我据为己有了似的。“我想，”她说，“我有信心能叫你洗心革面，伯弟。不错，你以前的生命是蹉跎了，不过你还年轻，而且很有潜力。”

“不，其实没有的。”

“哦，有的，只是需要发掘而已。好了，你快回屋去，把湿衣服换掉，不然要着凉了。”

不知道这么说大家懂不懂：她声调里仿佛透着一点母性，因此倒不在于她真正说了什么，反正我照办了。

我换了衣服走下楼，刚好碰见了炳哥，只见他欢天喜地的。

“伯弟！”他说，“我正要找你。伯弟，奇迹出现了。”

“臭小子！”我大喝一声，“你跑哪去了？你知不知道——”

“哦，你是说藏在灌木丛后面的事？我刚才没时间跟你说。计划取消。”

“取消？”

“伯弟，我刚才正要往灌木丛里藏，就在这时，太不可思议了，我看到草坪上走来一个人，是世界上最美丽动人的姑娘。她独一无二，真的。伯弟，你相不相信一见钟情？你一定相信一见钟情，是吧，伯弟老兄？我一见到她，就被深深地吸引了，她就像磁铁一样。其余一切我都忘在了脑后，世界上只有我们两个人，耳边是音乐，周围是阳光。于是我走过去和她聊天。她芳名布莱斯韦特小姐，达芙妮·布莱斯韦特。我们四目相对那一刹那，我就知道，之前我以为爱上了霍诺里娅·格洛索普，但那不过是一时冲昏了头脑。伯弟，你一定相信一见钟情，是吧？她这么动人，这么通情达理，像温柔的女神——”

听到这儿，我转身便走。

两天后，我接到吉夫斯的来信。

“……天气，”信的结尾处写道，“依然风和日丽。我在海中极其自在地畅游了一番。”

我干巴巴地苦笑一声，然后下楼去找霍诺里娅。我们约好了在客厅见面，她要给我念罗斯金[1]。

1　John Ruskin（1819—1900），英国作家、艺术评论家。

# 7

# 克劳德和尤斯塔斯出场

晴天霹雳的一刹那正是下午一时三刻（夏令时）。阿加莎姑妈的管家斯宾塞当时正给我端着炸土豆，我太激动，一连舀了六个都掉在了桌板上。真是心都颤抖了，大家明白吧？

而且我精神本来就很衰颓了。和霍诺里娅·格洛索普订婚快两个星期了，这期间哪天也少不了她给我布置繁重的作业、朝着阿加莎姑妈所谓的“改造”我的方向发展。正经八百的文学，我读得眼前直冒金星；我们一起走过的画廊加起来有好几英里；忍受古典音乐会，那架势各位都想象不到。

总而言之，这会儿我已经无力承受任何打击，况且是这种打击。这天霍诺里娅拖着我到阿加莎姑妈家吃午餐，我心里正想，“死啊，你老好的毒钩在哪里？[1]”这时她投下了炸弹。

“伯弟，”她突然发话，好像刚刚想起来似的，“你家里那个谁，叫什么来着，就是那个贴身男仆？”

“嗯？哦，吉夫斯。”

1　《旧约·哥林多前书》15:55：死啊，你的毒钩在哪里？

“依我看，他对你影响很坏。”霍诺里娅说，“咱们结婚以后，你得把他打发了。”

就是在这个节骨眼上，我勺子一抖，把六个松脆可口的上好土豆掉到了桌板上，斯宾塞立刻扑过去抢救，像只威风的老寻回犬。

“把吉夫斯打发了？”我倒吸一口冷气。

“不错，我不喜欢他。”

“我也不喜欢他。”阿加莎姑妈应道。

“可我做不到啊。我是说，哎呀，没有吉夫斯，我一天都撑不过去。”

“不行也得行。”霍诺里娅说，“我一点都不喜欢他。”

“我也是，”阿加莎姑妈说，“打第一天起。”

你说要不要命？我之前一直觉着结婚吧，是有点丧气，但我真是做梦也没想过，居然还要人做出这般恐怖的牺牲。这顿饭我后来就吃得浑浑噩噩。

我记得本来的计划是吃过饭我得陪霍诺里娅去摄政街[1]买些东西，等她站起身准备带上我和她那些零碎东西的时候，阿加莎姑妈拦下了她。

“你先去吧，亲爱的。”她说，“我有几句话想跟伯弟说。”

于是霍诺里娅走了，阿加莎姑妈把椅子拉近了一点。

“伯弟，”她说，“亲爱的霍诺里娅还不知情，不过关于你们的婚事，出了一点小小的问题。”

“老天爷！不是吧？”我开始看到了一丝希望的曙光。

“哦，其实也没什么大不了的，就是有点叫人气不过。是这

1 以优质服装店著称。

样的，罗德里克爵士偏要生点事端。”

“不看好我？想一笔勾销？嗯，他或许有道理。”

“行行好，别这么荒唐，伯弟。哪有这么严重。不过，罗德里克爵士因为职业的影响，性格不免——过于谨慎。”

我没听懂。

“过于谨慎？”

“是啊，想来也是难免的，像他这样经验丰富的神经专家，对于人性的看法不免有些扭曲。”

这下我明白她的意思了。罗德里克·格洛索普爵士，也就是霍诺里娅的父亲，一般大家称他为神经专家，因为这样听着比较上台面，不过人人心里都清楚，他其实就是给精神病院看门的。我是说，要是你的公爵叔叔有点不正常，你撞见他在蓝色客厅里往头发里插稻草，你第一个念头就是速速请格洛索普。他上门以后观察一下病人，再讲讲神经系统刺激过度，最后留些静养隔离之类的医嘱。全英国差不多每个有头有脸的家族都找过他，想来有这么个身份——我是说老是得坐在人家头上、等着人家亲戚朋友打电话叫安康医院派车过来——对人性的看法大概的确可以称之为扭曲。

“你是说，他觉得我可能是精神病，而他不想让一个精神病做乘龙快婿？”我问。

对我表现出的这般洞若观火的理解力，阿加莎姑妈反倒显得很不高兴。

“他当然不会相信这么荒谬的事。我跟你说了，他就是相当谨慎罢了。他想要亲自确定一下，你没什么不正常的。”她说到这儿打住了，因为斯宾塞端了咖啡进来。等他退下以后，她才继续开口。“他不知打哪听到的荒唐传闻，说你在迪特里奇公馆的时候把他家公子奥斯瓦德推到湖里去了。这自然不可信。就算是你也不会做这种事。”

“哦，我就是往他身上倚了倚，知道吧，然后他就从桥上掉下去了。”

“奥斯瓦德口口声声说是你把他推下去的，所以罗德里克爵士心里不安，很不幸，他为此还打探了一番，因此听说了你那苦命的亨利叔叔的事。”

她满脸郑重地望向我，我呷了一口苦涩的咖啡。这会儿咱们打开了家族的密室，窥一眼不好见人的历史。我已故的亨利叔叔呢，算是伍斯特家族纹章上的一抹污点。他人特别正派，而且我一向很亲他，因为我上学那会儿他常常大笔大笔地给我塞零花钱。但不可否认，他偶尔的确有些异常的举止，比如说在卧室里养了十一只宠物兔子。想来纯粹主义者会认为这多少算头脑不正常吧。实话实说吧，他最终开开心心地在兔子的陪伴下度过了余生，在什么园子里终老。

“太可笑了，当然。”阿加莎姑妈继续说，“要说咱们家有谁继承了亨利出人意表的作风——其实不过如此——那只能是他家的克劳德和尤斯塔斯，可是看看，谁比他们聪明？”

克劳德和尤斯塔斯是对双胞胎，我上最后一个夏季学期的时候，他们刚念书。回想起来，“聪明”这个词形容这对兄弟太合适了。我记得那一整个学期里，他们老是没完没了地惹是生非，我整天都得忙着帮他们解围。

“瞧他们如今在牛津多争气。前几天克劳德还给你艾米丽婶婶写信，说他们俩不久有望选进一个相当重要的学院俱乐部，叫作‘求索者’。”

“求索者？”我在牛津那会儿没听说有这个俱乐部，“求索什么呀？”

“克劳德没说。我想不外是真理、知识吧。看样子人人都想加入，因为克劳德提到达切特伯爵的公子雷恩斯比勋爵也是候选人。好了，咱们说远了，现在回来说正题，罗德里克爵士要单独和你聊一聊。伯弟，我相信你会表现出——不能说远见卓识，不过至少会通情达理。别紧张地笑个没完，注意别总是那副呆滞的眼神，别哈欠连天，别动来动去。还要记住，罗德里克爵士是反赌博联盟伦敦西城分部的主席，所以拜托别提赌马。他明天到你的公寓吃午饭，一点半准时。千万记得，他滴酒不沾，坚决反对吸烟，而且饮食简单为上，因为他消化不佳。不要给他上咖啡，他认为世界上一半的神经问题都是咖啡造成的。”

“我看一份狗粮一杯清水就解决了，啊？”

“伯弟！”

“哎，好啦，博君一笑尔。”

“就是这种蠢话才会叫罗德里克爵士疑窦丛生。所以拜托你到时候克制一点，别不知好歹没轻没重。他这个人非常严肃……你要走了？行，记得我刚才的话。我信任你，而且一旦出了任何状况，我永远不会原谅你。”

“好咯！”我说。

我启程回家，第二天真叫人期待呀。

第二天我很晚才吃早饭，然后出门散步。我觉着只要能让脑瓜清醒清醒，任何方法都得试一试，一般来说，呼吸点新鲜空气总能缓解一下一大早那种迷迷糊糊的状态。我在公园里溜了一圈，开始往回走，刚走到海德公园角，肩胛骨上就被人狠狠拍了一下：原来是我堂弟尤斯塔斯。跟他勾肩搭背的还有两个人，边上那个是我那克劳德堂弟，中间那位老兄粉红面孔，淡金色头发，一脸歉意。

“伯弟老哥！”尤斯塔斯亲昵地说。

“嗨！”我倒不太欢腾。

“能碰见你太好了，咱们想恢复一贯的派头，全伦敦就只能靠你！对了，你还没见过‘狗脸’吧？狗脸，这是我堂哥伯弟。雷恩斯比勋爵——伍斯特先生。我们刚刚去过你公寓，伯弟，结果你不在，叫人好生失望啊。不过亏得吉夫斯热情款待了一番。这人太神了，伯弟，可别叫他跑了。”

“你们到伦敦来做什么？”我问。

“哦，随便转转，就待一天。来如疾风，纯私事[1]，坐三点十分的车就回去啦。好了。说到你盛情邀请我们出席的那顿午宴，定在哪了？丽兹？萨沃伊？卡尔顿？或者呢，如果你是吉罗或使馆俱乐部的会员，那也成。”

“我没法请你们吃午饭，我已经有约了。天哪！”我看了一眼表，“我迟到了。”我赶忙拦了一辆出租车。“抱歉。”

“那，兄弟不说废话。”尤斯塔斯说，“借五镑来。”

我没空跟他们理论，于是打开腰包掏出五镑，跳上了出租车。回到公寓的时候已是两点二十分。我奔进客厅，却发现没人。

吉夫斯飘然而至。

1　牛津学生未经准许不得私自离校。

“罗德里克爵士还没到，少爷。”

“好家伙！”我说，“我还以为他准在砸家具呢。”根据经验，你越不想他来，他越是分秒不差，我还幻想着这老伙计在我客厅里来回踱步，嚷着“这人不来了”[1]，火气直冒。

“一切准备就绪？”

“我想这番安排会令少爷满意。”

“都有什么？”

“法式清汤、煎肉排以及小点心，饮料是冰镇柠檬汁。”

“嗯，我觉得这他总吃不坏吧。不过不要因为一时得意忘形把咖啡给端上来。”

“不会，少爷。”

“还有，别流露出呆滞的眼神，不然你知道，还没等你反应过来怎么回事，就给关进软垫病房啦。”

“遵命，少爷。”

这时门铃响了。

“整装待命，吉夫斯。”我说，“这就来了！”

1 出自丁尼生诗作《玛丽安娜》（*Mariana*，1830）：我的生活多凄惨/这人不来了。（黄杲炘译）

# 8

# 与罗德里克爵士共进午餐

我之前就见过罗德里克·格洛索普爵士，这是自然，不过每次都有霍诺里娅在场，而霍诺里娅有个特点，就是只要有她在，屋子里不管什么人都显得苍白渺小微不足道。直到此刻我才发觉，这老先生还真够吓人的。只见他一对浓眉衬托之下，眸子仿佛精光四射，咱们空着肚子可不想被这种眼光盯上。他身长肩阔大脑袋，再加上鲜有几根头发，脑袋显得尤其大，望之像圣保罗教堂的穹顶。我估计他的帽子得是九号的。由此可见大脑过分发育是多么要不得。

“来啦来啦来啦！”我想表现得和善点，却猛然惊觉，之前不是被叮嘱过这种话说不得吗？这种场合怎么恰当地开场真叫一个难。这也是住在伦敦公寓的一大障碍。我是说，如果我是年轻的乡绅，在乡下迎接客人，我就可以说“欢迎大驾光临绣线菊公馆！”之类的气派话。但是换成伦敦就傻乎乎的“欢迎大驾光临伦敦西伯克利街克莱顿大厦六甲座。”

“只怕我迟到了一会儿。”我们一边落座他一边解释，“我在俱乐部里因为阿拉斯泰尔·亨格福德勋爵耽搁了。他父亲是拉姆福莱恩公爵。他说公爵阁下旧病复发，令家人大为担忧。我不好立刻离开，所以没能按时赶来，相信没有让你不方便吧？”

“哦，没有的事。这么说公爵他脑子脱线了？”

“这种说法我自己断然不会用，毕竟涉及的也许是英国最尊贵的家族，而他又是一家之长。不过其大脑受刺激的程度，如你所说，实属严重。”他叹了口气，不过考虑到他刚咬了一口肉排，叹得很勉强，“我这份职业压力很大，压力很大呀。”

“一定。”

“有时候，所见所闻真是令人骇然。”他突然住了口，好像浑身都僵硬了。

“你养猫吗，伍斯特先生？”

“嗯？什么？猫？不，不养猫。”

“我刚才清清楚楚听到了一声猫叫，不是从咱们这间屋子就是从近处传来的。”

“可能是出租车或者街上的什么声音吧。”

“只怕我没有听懂你的意思。”

“我是说出租车喇叭啊，知道吧？挺像猫叫的。”

“我倒是没有发觉相似之处。”他口气相当冷傲。

“来点柠檬汁吧。”我连忙说。谈话似乎有点无以为继了。

“谢谢，半杯就好，有劳。”他喝了魔药似乎精神一振，态度稍微和蔼了一点，“我尤其讨厌猫。刚才说到——哦，对。有时候，所见所闻真令我骇然。这不仅是职业中遇到的病例，虽然这些就足以令人不安。我指的是在伦敦的见闻。有时候我不禁想，莫非全世界都精神失常了。就说今天上午吧，我开车去俱乐部，途中发生了一桩怪事，叫人忧心。由于天气晴好，我便吩咐司机打开敞篷。我半倚着身子，专心沐浴阳光，结果我们的车子由于交通阻塞被堵在了大路中央，伦敦如此拥堵，真是无可奈何。”

我好像神游了一小会儿，因为他停下话头呷了一口柠檬汁，我觉得好像在听讲座，此刻应该说点什么。

“说得好！”我于是说。

“抱歉？”

“没，没什么。你正说到——”

“向反方向行驶的汽车同样暂时受阻，但没过多久就开始前进了。我此刻正在沉思，忽然发生了一件不可思议的事。有人冷不防地伸手摘走了我的帽子！我一回头，看见一辆出租车里有个人正举着我的帽子疯狂挥舞，如同得胜一般。那辆车在我的注视下钻进一处空当，在交通中隐匿不见了。”

我没笑出声，但明显感到有两根浮肋给憋得脱离了骨架子。

“肯定是谁的恶作剧。”我说，“是吧？”

这老先生听了似乎很不乐意。

“我想，”他说，“我本人并非无力欣赏幽默，但是我坦白承认，从这桩恶劣的行径中我完全看不出任何可笑之处。这一行为确然无疑出自一个精神病患之手。这类精神上的病变有各种表现方式。我刚才提到的那位拉姆福莱恩公爵幻想——这个消息要绝对保密——自己是一只金丝雀。而他今天发病则是由于一位下人粗心大意，早上忘了给他喂方糖。阿拉斯泰尔勋爵心生不安也是为此。另外，还有些常见的病例，比如有些人会埋伏等待女士出现，剪掉她们一截头发。我倾向于认为，今天袭击我的这个对象患的是后一种癔症。我只希望他会尽早得到控制，以免——伍斯特先生，这里绝对有猫！不是街上！叫声似乎正是从隔壁传来的。”

这回就连我也不得不承认，叫声明显来自隔壁。我按铃叫吉夫斯，他翩然而至，恭恭敬敬地等待吩咐，一派忠心耿耿。

“少爷？”

“哦，吉夫斯。”我说，“有猫啊！怎么回事？这公寓里有猫吗？”

“只有少爷卧室里那三只。”

“什么？”

“他卧室里有猫！”我听见罗德里克爵士虚弱地低语，他眼光射在我身上，像两颗子弹。

“什么意思，”我问，“只有我卧室里那三只？”

“一只黑猫、一只花斑猫和一只柠檬色的小动物，少爷。”

“搞什么——”

我起身绕过桌子奔向门口。很不幸，罗德里克爵士刚好打定主意朝同一方向走去，结果我们两个在门口处狠狠地撞了个正着，继而跌跌撞撞进了门厅。他机智地从扭抱中抽身，从伞架上抓了一把雨伞。

“退后！”他高举着伞挥来挥去，“退后，先生！我有武器！”

我认为此刻应该打安抚牌。

“太不好意思啦，撞到你了。”我说，“无论如何也不是有意的，我只是想过去看看情况。”

他似乎镇定了一点，雨伞举得不那么高了。但就在这个节骨眼，卧室里传来一阵不得了的叫嚣，好像全伦敦的猫加上近郊代表全都聚集在一起，不解决争端绝不罢休。简直是一支猫咪加强连。

“这噪音真叫人受不了。”罗德里克爵士高声喊，“我连自己的声音都听不见了。”

“我想，先生，”吉夫斯恭敬地说，“这些动物如此兴奋，大概是发现了伍斯特少爷床下的那条鱼。”

老先生一个踉跄。

“鱼？我没听错吧？”

“先生？”

“你是不是说伍斯特先生床下有条鱼？”

“是，先生。”

罗德里克爵士低低地呻吟一声，伸手拿帽子和手杖。

“要走了？”我问。

“伍斯特先生，我的确要走了！我不喜欢和举止古怪的人消磨闲暇时间。”

“听我说。等等，我也来了，我看这事准能解释清楚。吉夫斯，给我拿帽子。”

吉夫斯递过帽子，我接过来往头上一扣。

“老天爷！”

我吓了一大跳，这破玩意儿简直把我吞没了，大家明白这意思吧？我扣帽子那一瞬就奇怪怎么有点漏风，等完全戴好，这帽子已经盖过了耳朵，像扣了一顶灭火器。

“我说！这不是我的帽子啊！”

“这是我的帽子！”罗德里克爵士说，用的是我记忆中最冷酷恶毒的口气，“正是今天上午我坐在车上被偷走的那顶。”

“可是——”

想必拿破仑之流的人物能应付自如，但我束手无策了。我呆呆地站在那儿干瞪眼，像陷入了昏迷，这位老先生从我头上取下帽子，转身望着吉夫斯。

“我的朋友。”他说，“麻烦你送我几步，我有几个问题想问你。”

“遵命，先生。”

“哎，可是，我说——”他没理我，大步走了，吉夫斯在后面跟着。这时候卧室里又是一阵喧嚷，而且比刚才还厉害。

我终于忍无可忍，我是说，卧室里有猫——是不是过分了？我虽然不清楚猫是怎么进去的，但我打定主意，决不允许它们继续在那儿会餐。我一把拉开卧室门，一瞬间只见约有一百五十只大小不一颜色各异的猫正在屋子正中央闹架，这些猫立刻从我身边奔过，冲出了前门。这场群众戏的收尾，就是地毯上只剩下一只老大的鱼头，鱼眼睛很凌厉地盯着我，好像要我写一份书面致歉信。

那副表情让我打了一个寒战，我连忙踮着脚尖退出去，关上了房门，结果又跟谁撞上了。

“呦，对不起！”他说。

我一转身，发现是那个粉红面孔的家伙，叫什么勋爵来着，就是克劳德和尤斯塔斯的那位朋友。

“我说，”他歉意地说，“不好意思打扰你，刚才我在楼梯上碰见的那几只不是我的猫吧？看着像我那几只。”

“它们是从我卧室跑出去的。”

“那还真是我的猫！”他难过地说，“唉，见鬼。”

“是你把猫放在我卧室里的？”

“是你那个仆人，叫什么来着，是他放的。他很体贴地说可以一直放到我们坐火车走。我这就是过来拿的，结果叫它们跑了！唉，算了，现在也没辙了。那我就拿帽子和鱼好了。”

我开始对他心生厌恶。

“那破鱼也是你放的？”

“不，那是尤斯塔斯的，帽子是克劳德的。”

我瘫倒在椅子上。

“我说，你有什么解释没有？”我开口。那家伙有点诧异地望着我。

“怎么，难道你不知道？我说！”他脸红得要命，“呦，原来你不知道，那也怪不得你觉得奇怪。”

“奇怪，说得不错。”

“是给‘求索者’的，知道吗？”

“求索者？”

“算是个公子哥俱乐部吧，知道吧？牛津的，我和你两位堂弟都特想加入。当选条件就是得偷一样东西，纪念品什么的，知道吧？警盔啦、门环啦什么的，知道吧？年度晚宴的时候俱乐部就用这些东西装饰起来，大家轮着致辞什么的。那才欢乐呢！嗯，我们决定额外下点功夫，得有模有样的，明白吧？于是就赶来伦敦，看能不能找点与众不同的东西。结果从一开始就特别走运。克劳德从一辆过往的汽车里顺了一顶上好的圆礼帽，尤斯塔斯从哈罗德百货弄了条挺大的鲑鱼还是什么鱼，我就搞到了三只品种特别好的猫，一个小时就全部搞定。可以说我们士气大增。但问题来了，这些东西存在哪好呢？知道吧，带着一条鱼一群猫什么的在伦敦晃来晃去，看着还挺可疑的。后来尤斯塔斯想到了你，于是我们就坐车过来了。你那会儿不在，你家男仆说没问题。后来遇见你，你又赶时间，我们也没空解释。好了，那我拿帽子好了，不介意吧？”

"帽子不在了。"

"不在了？"

"帽子的主人碰巧是这顿午饭的客人，他拿走了。"

"呦，我说！可怜的克劳德要失望了。那，还有那条大鲑鱼还是什么鱼？"

"你想瞻仰一下遗体吗？"他看到残骸后好像崩溃了。

"我看委员会是不会同意的。"他悲哀地说，"没剩多少啊。"

"都叫猫吃了。"

他深深地叹了口气。

"猫没了，鱼没了，帽子没了。我们白忙一场。这还不叫难办？而且——不好意思再问一句，你肯不肯借我十镑？"

"十镑？做什么？"

"哦，是这样，我得过去把克劳德和尤斯塔斯保释出来。他们俩被捕了。"

"被捕了？"

"是啊，你瞧，收获了帽子和鲑鱼还是什么鱼，本来就兴奋着，午饭上我们又庆祝了一番，结果这两个可怜的家伙就有点得意忘形，想偷一辆卡车。太傻了，自然，因为我看他们也没法把那玩意儿运回去给委员会看嘛。可惜，跟他们没法讲理，后来那司机不依不饶，就有点打起来了，这会儿克劳德和尤斯塔斯正在万安街警察局[1]受罪呢，等我过去把他们保释出来。所以呢，要是你能借十镑——哦，多谢，你实在太好了。就让他们在那儿待着

1 Vine Streetpolice station，伦敦著名警局。

也说不过去，是吧？我是说，这两个小伙人这么好，知道吧？校队里没人不喜欢，他们可受欢迎了。”

“我看也是！”我说。

吉夫斯回来的时候，我正在门口等着他。我有话要说。

“怎么？”我问。

“罗德里克爵士问了我一系列问题，都是关于少爷的生活习惯和方式，我小心谨慎地应了。”

“我才不关心这个呢。我问你，你怎么不一开始就跟他解释清楚？只要你一句话，就没这些误会了。”

“是，少爷。”

“这下他准以为我是神经病。”

“根据刚才那番谈话推测，他若是产生了类似的想法，也是意料之中。”

我正要开口，这时电话响了。吉夫斯过去听。

“不，夫人，少爷此刻不在。不，夫人，我并不清楚他什么时候回来。没有，夫人，他没有留下口信。是，夫人，我会转达。”他放下听筒，“是格雷格森夫人，少爷。”

阿加莎姑妈！我就知道她要打来。自从午宴出了岔子，我就感到她的影子无时无刻不在跟着我——打个比方。

“她知道了？这么快？”

“据悉罗德里克爵士和她通过电话，少爷，并且——”

“我听不到婚礼的钟声了，是吧？”

吉夫斯轻咳一声。

“格雷格森夫人并未向我透露，不过料想大致如此。听上去夫人的确十分激动，少爷。”

说也奇怪，刚才因为那位老先生、那群猫、那条鱼、那顶帽子、那个粉红面孔的老兄等等闹的，我直到这会儿才发现这是因祸得福。老天爷，简直是卸下了胸中那块大石头啊！我纵情欢呼了一声。

“吉夫斯！”我说，“我相信从头到尾都是你安排的！”

“少爷？”

“我相信你从一开始就计划好了。”

“这，少爷，其实是格雷格森夫人的管家斯宾塞，少爷在夫人府上吃午饭的时候，他不经意间听到了你们的对话，并对我提及了若干内容。我承认，虽然不在本分之内，但我不禁想到，也许会出现某种意外，导致这场婚约取消。我想这位小姐未必十分合少爷的心意。”

“而且她打算礼成五分钟后就揪着耳朵把你扔出门。”

“是，少爷。斯宾塞提到她对我抱有类似的打算。格雷格森夫人希望少爷尽快回话。”

“嗯，是吗？你有什么建议，吉夫斯？”

“我想异国之旅会令人心旷神怡，少爷。”

我摇摇头。“她会跟来的。”

“少爷此行如果足够遥远，那自然不会。每逢星期三和星期六都有高级船只开往纽约。”

“吉夫斯。”我说，“你说得有理，一如往常。去订票吧。”

# 9

# 一封介绍信

知道吗？我活得越久，就越深刻地意识到，这世界上的麻烦有一半都是因为一些人随心所欲大笔一挥写封介绍信，托送信人交给第三方当事人。我巴不得生活在石器时代，这就是原因之一。我的意思是说，那年代，要是谁想写封介绍信，就得花一个月的时间刻好大石头，而送信的顶着大太阳拖来拖去准保不耐烦，走了一英里就扔一边去了。如今呢，写介绍信太轻松了，结果人人都不假思索说写就写，最终，像我这么遵纪守法的好公民就要倒霉。

以上这段话可是我深思熟虑的结果。我大方承认，最初接到消息时，也就是吉夫斯告诉我说——这会儿我到美国差不多三个星期了——有位西里尔·巴辛顿 - 巴辛顿来访，还带了一封阿加莎姑妈写来的介绍信。刚才说到哪来着？哦，对……我说到我大方承认，最初觉得心头一喜。是这样的，自从那件叫人不堪回首的往事使我迫不得已离开英国，我以为阿加莎姑妈就算有信给我，内容也通不过审查——打个比方。结果我惊喜地发现，这封信口吻称得上和气，也许部分措辞稍嫌冷酷，但总体上可以说挺客气。我觉得这是个好兆头。算是橄榄枝吧，是橄榄枝还是橙花来着？总之我就是想说，阿加莎姑妈给我写信，信中又没有恶语相加，在我看来，这就等于有望迈向和平。

我就盼着和平，越快越好。当然，我不是说纽约不好啦。我挺喜欢这地方，而且这段日子过得相当滋润。但事实不可否认：一辈子在伦敦住惯了，到了异国自然有点思乡。我巴望着奔回伯克利街舒适的小窝。这必须等阿加莎姑妈消了气、不再对格洛索普风波耿耿于怀。我明白伦敦是个大城市，但相信我，只要有阿加莎姑妈在，而且她正提着短斧到处找你，那多大也不够。综上所述，我把这位巴辛顿 - 巴辛顿的到来看成和平鸽，满心期待。

据时人记载，他于上午七时三刻抵达，一般轮船都挑在这种时候把你卸到纽约。吉夫斯礼貌地请他吃了个闭门羹，请他大约三小时后再跑一趟，那时分我才可能跳下床，欢呼着迎接新的一天。说起来吉夫斯倒是够意思，因为当时我们两人之间生了一点嫌隙，有一丝冷战的意味，换句话说，就是闹了点小意见，起因是我逆着他的意思穿了一双宝贝紫袜子。换成没肚量的人，准得借此机会展开报复，把西里尔请进我的卧室，要知道那个点，就算是我最铁的哥们跟我说两分钟的话我也受不了。没喝过早茶，也没安安静静地思考一会儿人生，我基本没精神跟谁畅谈。

所以吉夫斯很讲义气地把西里尔拒之门外，让他去呼吸早晨清冽的空气。直到他端来武夷茶，同时奉上名片，我才知道有这么个人。

“什么意思，吉夫斯？”我眼神发直。

“据我所知，这位绅士从英国来，少爷，早前已经来拜访过。”

“老天，吉夫斯！你是说比现在还早，这可能吗？”

“他请我转告少爷，稍后再来打扰。”

“我没听过这号人哪。你听过没有，吉夫斯？”

“我很熟悉巴辛顿－巴辛顿这个姓氏，少爷。巴辛顿－巴辛顿总共有三支家族，即什罗普郡的巴辛顿－巴辛顿、汉普郡的巴辛顿－巴辛顿以及肯特郡的巴辛顿－巴辛顿。”

“看来英国的巴辛顿－巴辛顿库存不少嘛。”

“尚可，少爷。”

“不大可能突然断货，是吧？”

“料想不会，少爷。”

“这位又是哪种货色？”

“了解尚浅，少爷，不便置喙。”

“愿不愿意打个赌，赢二赔一的，根据你们的交往，你赌他不是讨厌鬼或者大累赘？”

“不，少爷。恕我不能随意下如此重注。”

“我就知道。好了，现在有待观察的就剩下他具体是哪种讨厌鬼。”

“时间自会澄清一切，少爷。这位绅士还有一封信带到，少爷。”

“嗯，是吗？”我抓起信，认出了上面的笔迹。

“我说，吉夫斯，这是阿加莎姑妈写来的！”

“果然，少爷？”

“别这么轻描淡写的。你还看不出这意思？她说这个大累赘在纽约居留期间叫我照看一下。老天，吉夫斯，只要我多拍拍马屁，让他给总部呈上一份好听的报告，那我就有望赶在古德伍德赛马会之前回伦敦啦。好了，现在凡是壮士都要向我方伸出援手[1]，吉夫斯。咱们可得打起精神，不遗余力地讨好他。”

“是，少爷。”

“他在纽约住不了几天。”我又扫了一眼信，“之后要去华盛顿，看来是要见见头面人物，再到外交部谋个差事。我看呢，咱们请一顿午饭，再请两顿晚饭，就能赢得此人的好感和敬意，你说呢？”

“想来如此足矣，少爷。”

“自从咱们离开英国，就数这个消息最妙啦。我看阳光要冲破云层了。”

“极有可能，少爷。”

他开始给我准备行头，一时间我们都没有话说，气氛颇有点尴尬。

“不要这双袜子，吉夫斯。”我有点吃力，但尽量装出自然随意的口气，“拿那双紫的。”

“抱歉，少爷？”

“那双亮紫色的。”

“遵命，少爷。”

他从抽屉里拎出袜子，好像素食者从沙拉里拣出一条毛毛虫。看得出，他感触颇深。这种事真叫一个不好受，但是偶尔总得维护一下自己的权威吧。绝对地。

---

1 原文“now is the time for all goodmen to come to the aid of the party”据称是早期练习打字的句子，后尤利西斯·S.格兰特将其用于1868年美国总统竞选口号，变得广为人知。

我吃过早饭就一直等着西里尔到访，结果左等右等都不见人，快一点钟的时候，我就晃出了门，往兰姆俱乐部[1]走去。我约了卡芬，我来纽约以后认识的朋友——乔治·卡芬，他写剧本什么的。自打到了纽约，我结交了不少朋友，这城市到处都是热情友好的面孔，人人张开双臂欢迎陌生的客人。

卡芬迟了一会儿，不过总算匆匆忙忙地赶来了，他说一直忙着排练他新创作的那出音乐喜剧，叫《爸爸说了算》[2]。接着我们就开动了。上咖啡的时候，侍应走过来说吉夫斯要见我。

吉夫斯在等候室里，看我进来的时候扫了一眼袜子，一副痛苦的表情，然后就把目光别开了。

“巴辛顿－巴辛顿先生刚刚来过电话，少爷。”

“哦？”

“是，少爷。”

“他人在哪儿？”

“监狱，少爷。”

我一个趔趄，仰面跌在壁纸上。阿加莎姑妈的提名人第一天来我这报到就出了这般好事，这可怎么说！

“监狱！”

“是，少爷。他打电话说自己被捕了，希望少爷能抽空去把他保释出来。”

“被捕了！怎么回事？”

“前因后果他并没有对我透露，少爷。”

1　Lambs Club，戏剧界人士光顾的俱乐部，成立于伦敦，后迁至纽约。

2　伍德豪斯与盖伊·博尔顿（Guy Bolton）合写的音乐剧《啊亲爱的》（*Oh, My Dear*）原名即为《爸爸说了算》，该剧于1918年在百老汇公主剧院上演。

“不好办哪，吉夫斯。”

“千真万确，少爷。”

我回去找乔治，他很够意思，主动要求陪我走一趟。我们跳上出租车，到了警局，先是进了接待室之类的地方，坐在一张木凳子上等了一阵，很快一个警察领着西里尔过来了。

“哈罗！哈罗！哈罗！”我说，“怎么？”

根据经验，无论谁从牢房里出来都不会是最佳状态。我在牛津那会儿有个固定的活儿，就是负责保释一位朋友，每逢牛剑赛艇之夜[1]，这位老兄无一例外都得被逮住，而且每次看着都像从土里挖出来的样子。西里尔差不多就是这个形态。他顶着一个黑眼圈，衣领散了，总之这形象不好向家里交代，尤其交代对象是阿加莎姑妈。他这个人高高瘦瘦，一头浓密的淡金色头发，还有一双淡蓝色的鼓眼泡，样子很像什么珍稀鱼类品种。

“我收到你的信了。”我说。

“哦，你是伯弟·伍斯特？”

“对。这是我哥们乔治·卡芬，他写剧本什么的，知道吧？”

我们相互握手，那位警官从一张椅子底下摸出一块口香糖，看来是留着以备不时之需的，然后走到角落里思考宇宙之无穷去了。

“这什么破国家啊。”西里尔说。

“哦，我说不清楚，是吧，知道吧！”我回答。

“咱们尽力而为。”乔治说。

“乔治是美国人。”我解释道，“写剧本的，知道吗？就是

---

1 牛津与剑桥大学的传统赛艇比赛，于每年三月末或四月初的周末在泰晤士河上举行。

那些东西。”

“当然了，这国家不是我发现的。”乔治说，“得怪哥伦布。不过各位有任何改善意见都可以跟我提，我会呈交给有关部门。”

“那，纽约的警察干吗不穿正装？”

乔治瞧了一眼房间一头的口香糖警官。

“我没看出少了什么呀。”他说。

“我是说他们怎么不像伦敦警察那样戴警盔？干吗穿成邮递员的样子？太不公平了，叫人搞不明白状况。我那会儿正站在人行道上四处张望，这时有个邮递员模样的家伙拿着棍子戳我的腰。邮递员怎么能随便戳我呢？跑了三千英里路，难道是为了让邮递员戳的吗？”

“说得有理。”乔治说，“于是呢？”

“我就推了他一下，知道吧？我是个急脾气，知道吧？我们巴辛顿-巴辛顿家的人全是急脾气，知道吗！然后他照着我脸上就是一拳，又把我揪到了这个鬼地方。”

“交给我吧，小伙子。”我说。我掏出一沓钞票，过去交涉，让西里尔和乔治先聊着。不得不承认，我有点忧心如焚，眉头紧锁着，心里还有种不祥的预感。这家伙只要待在纽约，我就得为他担着责任，而且在我看来，他这个家伙，凡是讲理的人，哪怕为他担三分钟的责任都不乐意。当天晚上回家以后，吉夫斯给我端来助眠的威士忌，我全神贯注地思索西里尔的问题，同时情不自禁地想，他这趟首次美国之行，注定要叫灵魂什么的经受一番考验。我翻出阿加莎姑妈的介绍信又读了一遍，不可否认，她无疑以这个讨厌鬼为己任，并且认定我的人生目标就是保护他在我的屋檐下不受一点风吹雨淋。他和乔治·卡芬一拍即合，我觉得谢天谢地，因为乔治这个人很靠得住。我把他从地牢里解救出来之后，他就和乔治一起去看《爸爸说了算》下午场的排练，两个人亲如手足的样子。我还听到他们商量着晚上一起吃饭。有乔治盯着他，我总算放心不少。

我刚思索到这儿，吉夫斯就送来一封电报。具体说来不是电报，而是海底电报，署名阿加莎姑妈。内容如下：

西里尔·巴辛顿–巴辛顿是否抵达？务必叫他不得接触戏剧界。切记。信随后即到。

我反复读了几遍。

“奇怪了，吉夫斯！”

“是，少爷？”

“奇怪，并且叫人心烦！”

“今天晚上是否还有别的吩咐，少爷？”

当然啦，要是他非得这么不近人情，那也没办法。我本来想叫他读一下海底电报，看他有什么建议。但他既然坚持为那双紫袜子闹个没完，那咱们伍斯特出于“位高则任重”，就决不能放下身段不耻下问。绝对不行。于是我就打消了这个念头。

“没事了，下去吧。”

“晚安，少爷。”

“晚安。”

他翩然而去，我又坐下来重新思考。就这样绞了大半个小时的脑汁，这时门铃响了。我打开门，原来是西里尔，只见他一副欢天喜地的样子。

“我就进来待一会儿，行吧？”他说，“有个天大的喜讯要告诉你。”

他蹦蹦跳跳进了客厅，我关好门过去的时候，看见他正在读阿加莎姑妈的海底电报，还诡异地咯咯直笑。“本来我不该看，是吧？不过一眼瞥见了我的名字，想也没想就读了。我说伍斯特，我的总角之交，这事还真好笑。我喝一杯你不介意吧？感激不尽，不废话了。没错，真好笑，因为我来就是为了跟你说这事。老好的卡芬让我在他那出音乐喜剧《爸爸说了算》里演一个小角色。台词不多，知道吧？不过很有戏。我可要乐死了，知道吗！”

他一饮而尽，接着又絮絮而谈，好像没注意到我并没有欢呼雀跃。

“知道吗，我一直就想上台表演，知道吧？”他说，“但我们当家的无论如何不肯答应，每次一提到这事，就要恨恨地一跺脚，脸红脖子粗。这也才是我来这儿的真正原因，实话告诉你吧。我清楚，要是在伦敦登台，准会有人听到风声跑去知会我们当家的，于是我灵机一动，说打算来华盛顿开阔视野。在大洋这边没人干涉，是吧，我也就无所顾忌啦！”

我努力和这可怜的笨蛋讲道理。

“可你们当家的迟早会知道的。”

“没关系，到那时候我早成了名了，哪还有他插脚的份儿？”

“我看他不仅会插一脚，还会用第一只脚踹我。”

“怎么，跟你有什么关系？这关你什么事了吗？”

"是我介绍你跟乔治·卡芬认识的呀。"

"是哦，老伙计，的确是，我都忘了。早该谢谢你的。好了，再见啦，明天一早要排练《爸爸说了算》，我得赶紧走了。奇怪吧，这剧叫《爸爸说了算》，我却偏要反其道而行之。明白我的意思，嗯？那好，回见啦。"

"拜拜！"我很没劲地回应。那臭小子飞也似的走了。我扑到电话前面拨通了乔治·卡芬的号码。

"我说乔治，西里尔·巴辛顿-巴辛顿是怎么回事？"

"什么怎么回事？"

"他说你让他演一个角色。"

"啊对。也就几句台词。"

"可我家里连拍了57封海底电报，叮嘱我务必不能叫他上台演出。"

"对不住，我这个角色正需要西里尔这样的，他自然发挥就行。"

"这叫我很难办啊，乔治老兄。我阿加莎姑妈让这家伙给我捎了一封介绍信，叫我担着一切责任。"

"她会取消你的继承权？"

"不是钱的问题。只是——当然啦，你没见过我这位姑妈，我解释不明白。总之，她好比披着人皮的吸血蝙蝠，等我回到英国，准没一天安生日子。她就是早饭前就来吵你那种人，懂吧？"

"那，别回英国不就结了？在这儿住着，选总统呗。"

"可乔治，好兄弟——"

"晚安！"

“可听我说，乔治，老伙计！”

“我最后那句话你没听见，我说‘晚安’！你们这种富贵闲人可能不用睡觉，我可得养好精神一大早起床。上帝保佑你啦！”

我觉着在这世上孤零零的，一个朋友都没有。我急得没法，就跑过去敲吉夫斯的房门。原则上我是不会这么做的，但我觉得这会儿凡是壮士都要向我方伸出援手，吉夫斯需要出手拯救小少爷于水火，就算打扰他睡美容觉也在所不惜。

吉夫斯裹着一袭棕色的晨衣来开门。

“少爷？”

“不好意思把你吵醒了，吉夫斯，可是出了一大堆烦心事。”

“我并没有入睡。休息前我习惯读几页增长见闻的书。”

“太好了！我是说，要是你刚刚运动完脑细胞，那估计这会儿正在最佳状态，适合解决问题。吉夫斯，巴辛顿－巴辛顿先生要上台演出了！”

“果然，少爷？”

“呀！你没反应！你这是没明白！情况是这样的。他一家都誓死反对他上台，要是不打消他的计划，那麻烦就没完了。更糟糕的是，阿加莎姑妈会怪到我头上，懂了吧？”

“懂了，少爷。”

“那，你有没有什么法子阻止他？”

“坦白说，暂时并无头绪，少爷。”

“那，好好想想。”

“我会竭尽所能想方设法，少爷。今天晚上还有别的事吗，少爷？”

“最好没有！这就够我受的了。”

“遵命，少爷。”

他退下了。

# 10

## 电梯员打扮得真讲究

乔治给傻瓜西里尔的那个角色写的台词加起来就两页打印稿，不过这个可怜的榆木脑瓜被人骗了还不自知，瞧他那架势，就像要演哈姆雷特似的。最开始那几天，我听他念了何止一遍台词，至少有十几次。他似乎以为我对这件事秉持了热情赞赏的态度，他可以百分百地信任我给予支持理解。一方面，我忍不住幻想要是阿加莎姑妈得知了风声可如何是好，另一方面，我总是每隔一天就在凌晨时分从无梦的睡眠中惊醒，被迫给西里尔新琢磨出的舞台动作提供点意见，一来二去，我消瘦得都快不成人形了。与此同时，吉夫斯仍然因为紫袜子对我爱理不理，总是淡淡的。这种事最催人老，知道吗，那年富力强的“巧儿宜的活”膝盖处也变得软绵绵的。

这期间阿加莎姑妈的信也寄到了。她用了约六页信纸描述西里尔的父亲对儿子登台演戏一事的思想感情，又用了约六页约略提及若我不能在其居留美国期间保护他免受坏影响，她的所言、所思、所为。信是下午送到的，我当时坚定地想，我决不能独自承担。我连按铃的时间都等不及了，直接冲进厨房颤抖地呼唤吉夫斯，结果发现闯进了一场茶会。只见桌子前坐着一位神色黯然的家伙，应该是贴身男仆之类的，另外还有一个穿着诺福克上衣[1]的男孩。那位貌似男仆的家伙喝着一杯威士忌苏打，那小孩则对着果酱和蛋糕埋头苦吃。

“哦，我说吉夫斯！”我说。“不好意思打扰你们妙语生花纵情畅谈什么的[2]，不过——”

这时那小男孩看了我一眼，我如中弹一般，立刻住了口。他那双眼睛冰冷阴沉满是责备，叫人直想伸手摸摸领带是不是歪了。看他那眼神，好像我是流浪猫大黑翻垃圾桶捡回来的废物。他矮矮胖胖，一脸雀斑，还粘了不少果酱。

“哈罗！哈罗！哈罗！”我说，“怎么？”我想不到还有什么可说的。

那毛头小子隔着果酱恶狠狠地瞪着我。可能人家对我一见倾心，但看这表情，我只觉得他不怎么待见我，而且加深了解后我也不会有多大改善。我有种感觉，他不会喜欢我，就像不会喜欢威尔士干酪烤面包。

“你叫什么？”他问。

“我叫什么？哦，伍斯特，知道吧，那什么。”

“我老爸比你有钱！”

貌似他对我就这么多意见。畅所欲言之后，他又埋头攻击果酱。我望着吉夫斯。

“我说，吉夫斯，能有空吗？我有东西想让你看呢。”

“遵命，少爷。”

---

1 单排纽扣的束带宽上衣。

2 引自蒲柏（1688—1744）《仿贺拉斯》（*Imitations of Horace*）第一首。

我们走到起居室。

“你这位小友是谁，吉夫斯，阳光少年？”

“少爷指那位小绅士？”

“你的描述和事实很有出入，不过你的意思我懂。”

“相信私下待客并不有违礼数，少爷？”

“没有的事，你下午喜欢怎么放松都随便啊。”

“我和这位小绅士父亲的男仆从前在伦敦的时候交情颇深，今天碰巧遇见他们在散步，于是请这两位来这里小叙。”

“行了，别说他了，吉夫斯。快看看这封信。”

他的眼神上上下下地移动。

“的确令人烦恼，少爷。”他就这么点想法。

“咱们怎么办？”

“也许不久自会有办法，少爷。”

“另一方面呢，也许不会，啊？”

“所言极是，少爷。”

刚讨论到这儿，门铃就响了。吉夫斯忽闪出去开门，西里尔一阵风似的刮了进来，他满脸春风得意，唠叨个没完。

“我说，伍斯特，老伙计。”他说，“给点意见。你知道我那个角色，我穿什么好呢？我是说，第一幕的地点是酒店之类的地方，时间是下午三点。你看我该穿什么呢？”

我此刻没心情讨论男士着装这个话题。

“你还是问吉夫斯好。”我说。

“张口就来，而且想法不赖！他人呢？”

“估计是回厨房去了。”

“我哗啦啦砸铃好不好？行？不行？”

“行啊。”

吉夫斯悄声无息地走进来。

“哦，我说，吉夫斯。”西里尔开口道，“我有两句话跟你说。是这么个事——嘿，这是谁呀？”

我这才看到，那个矮胖小子跟着吉夫斯进来了。他站在门边望着西里尔，好像最担心的事终于发生了。一时间都没有话说。那小子站在那儿一动不动地把西里尔看了个饱，大约过了半分钟，他下了判决：

“鱼脸！”

“呃？什么？”西里尔问。

这孩子显然从小就受过母亲的教诲，知道做人要诚实。他稍微解释了一下。

“你的脸长得像条鱼！”

听他那口气，倒是同情多过责怪，不得不说，我觉得这孩子倒是很厚道，心胸也很宽阔。我大方承认，每次看到西里尔那张脸，就总有种感觉：他长成这样大部分是自己的责任吧。我发觉自己对这孩子起了好感，可不是嘛。他的谈吐让我很喜欢。

西里尔好像过了好一阵子才领悟这话的含义，这会儿都能听见巴辛顿-巴辛顿的热血在沸腾。

“哟，见鬼！”他说，“这还不是见鬼了！”

“我无论如何也不要长成这样，”那小孩十分真诚地说，“就算给我一百万美元也不行。”他思索了一下，然后纠正道：“两百万！”

之后究竟发生了什么我真说不上来，反正接下来这几分钟进入了白热化阶段。我估计是西里尔朝那孩子猛扑了过去。总之，空气里好像是胳膊呀腿呀什么的舞作一团，还有什么东西撞到伍斯特背心第三颗纽扣处，我一下瘫坐在沙发椅上，有那么一会儿觉得一切都索然无味。等我挣扎着站起来时，发现吉夫斯和那孩子已经走了，西里尔正站在屋子中央呼呼喘气。

“那个可恶的野小子是谁，伍斯特？”

“不知道，我也是今天第一次见。”

“趁他逃跑之前，我结结实实地给了他几下。我说，伍斯特，那小子说了句话挺怪的。他喊着什么吉夫斯答应给他一美元，只要他说我是——呃，就是他说的。”

我听着不大可能。

“吉夫斯干吗那么做？”

“所以我说奇怪嘛。”

“有什么意义吗？”

“我看不出来。”

“我是说，你的脸长成什么样也碍不着吉夫斯呀。”

“是！”西里尔口气好像有点冷淡，我也琢磨不明白原因，“好了，我撤了，回见啦！”

“走好！”

这场小风波过后约一个星期，乔治·卡芬打电话问我要不要去看他们完整版的彩排。听说《爸爸说了算》下星期一要到斯克内克塔迪[1]首演，这回算是内部的带妆彩排。乔治解释说，所谓内部的带妆彩排和一般的带妆彩排一样，都是人间罕见，且一直演到凌晨才散场，区别是内部的不掐时间，因此要是谁暴脾气上来

1 纽约州东部城市。

了，就有充足的空间以供宣泄，保证最终大伙都能尽兴。

彩排安排在八点开始，于是我十点一刻赶到，这样就省得浪费时间等他们准备。我到的这会儿大家还在秀时装，乔治在舞台上和两个人说话，其中一个穿着衬衫，另一个身体浑圆，戴着一副大眼镜，穹顶上基本寸草不生。之前在俱乐部我看见过乔治和这位老兄一两回，知道他就是布卢门菲尔德经理。我朝乔治挥手致意，悄悄找了张后排的位子坐下，免得到时候碍着他们打架就不好了。不一会儿，乔治跳下舞台，过来在我身边坐下，很快幕布就降了下来。弹钢琴的老兄象征性地砸了一两小节音符，幕布就又升起来了。

《爸爸说了算》具体讲什么我记不得了，我只记得总体没西里尔什么事。最初我还困惑了半天，我是说，我为西里尔担了这么多心事，还老听他背台词、念叨该怎么演不该怎么演什么的，于是我在脑子里形成了一种印象，以为他要给这出戏挑大梁，其余那些戏班子基本没什么戏，主要就是在他下场的时候补补缺。我等他出场等了快半个小时，这才突然发现他原来从一开始就在台上。他就是那个怪模怪样的小痞子，这会儿正在提词员位置相对那一侧倚着一棵盆栽棕榈树，装出一副聪明相，前边女主角正放声歌唱，大意是爱情就像什么……我一时也想不起来了。第二遍副歌唱完以后，他和十几个同样怪里怪气的家伙一起跳起舞来。这场面真叫人目不忍视，我依稀看到阿加莎姑妈伸手摸向短斧，巴辛顿-巴辛顿老先生也蹬上了他最结实的那双钉鞋。可不是！

这场舞一跳完，西里尔和众人就撤到了舞台两侧，这时黑暗中传出来一个声音，来自我右手边。

“老爸！”

老布卢门菲尔德双手一拍，那男主角本来已经气贯丹田准备说下一句台词，闻声立刻收住。我朝黑暗处望去。那不正是吉夫斯那个满脸雀斑的小伙伴吗！只见他双手插在兜里，迈着方步，好像这地方是他家似的。空气里似乎蔓延着一种洗耳恭听的气息。

“老爸，”这小家伙说，“这段歌不好。”老布卢门菲尔德转过头，眉开眼笑。

“宝贝，你不喜欢？”

“我听着头疼。”

“你说得一点不错。”

“这一段需要来点活泼的，有点爵士风的！”

“说得对，好孩子，我记着了。好，继续！”

我转头望着乔治，他一副苦瓜脸，正自言自语。

“我说，乔治老兄，那孩子究竟是谁？”

老乔治低低呻吟一声，好像情况大大不妙。

“我不知道他也溜进来了！他是布卢门菲尔德的儿子，这下可是见了阎王了！”

“他一向这么说了算？”

“可不是！”

“可老布卢门菲尔德怎么会听他的？”

“谁知道呢。也许纯粹出于父爱，也许是他把儿子当作吉祥物。我是这么想的，他觉得这孩子和观众的平均智商相当，所以只要他喜欢，大众就会欢迎。反之呢，凡是他不喜欢的，人人都会讨厌。这小子是讨厌鬼害人精毒药罐，掐死他算了！”

彩排继续进行。男主角念完了台词。舞台监督和空中某处只闻其声不见其人的比尔爆发了一阵小龃龉，围绕的话题是那个节骨眼怎么不见死鬼比尔的“琥珀”。然后又继续彩排，然后就到了西里尔闪亮登场那一幕。

我对剧情还是有点摸不着头脑，不过总归弄清了西里尔的角色。他演一个英国贵族之类的，漂洋过海来到美国，无疑是基于绝佳的理由。目前为止他只有两句台词，一句是“哦，我说！”另一句是“是，老天！”我想起他温习角色的架势，觉得说不定什么时候就轮到他技压全场了。我倚着椅子背，等着他再次蹦出来。

约莫五分钟后，他蹦出来了。这时已经有点暴雨将至的气氛。“只闻其声”和舞台指导又是一番小打小闹，这次是关于比尔的“蓝”怎么没及时到位什么的。这场风波刚过，又闹了一点小不愉快，因为窗棂上掉了一只花盆，差点叫男主角脑袋开花。总而言之，态势多少有点一触即发，西里尔正是赶在这么个节骨眼结束了候场，一阵风似的走到舞台中央，一本正经地开始了他持续时间最长的一段表演。女主角先是说了一句台词——我忘了内容，然后和声部由西里尔打头，开始绕着她跳来跳去，一点不嫌累的样子，就是一般要唱起来那种场面。

西里尔的第一句台词是：“哦，我说，知道吧，你可不能这么说，真的！”我觉着他气冲丹田，声音洪亮，一股子生龙活什么的劲儿。但是呢，还没等女主角接口，咱们那位雀斑小朋友就站起身抗议。

“老爸！”

“怎么了，宝贝？”

“那家伙不行。”

“哪个，宝贝？”

“长着鱼脸的那个。”

“可他们个个都是鱼脸啊，宝贝。”

这孩子似乎明白这句反驳得在理，于是具体描述了一下。

“那个丑八怪。”

“哪个丑八怪？那个吗？”老布卢门菲尔德指着西里尔。

“对！他糟透了！”

“我也这么想呢。”

“招人烦！”

“说得好，儿子。我注意他有一会儿了。”

上述对话期间西里尔一直是目瞪口呆的表情，这会儿他冲到了脚灯前边。我虽然离得远，但也看得出这些毫不留情的话语深深刺伤了巴辛顿－巴辛顿家族的傲骨。他先是耳朵红了，然后是鼻子，再然后是脸，约莫15秒钟过后，他整个人就像晚霞中爆炸的西红柿罐头。

“你这话什么意思？”

“你这话什么意思？”老布卢门菲尔德大喊，“不许隔着脚灯跟我瞎嚷嚷！”

“看我下去教训教训那个野小子，揍他一顿屁股！”

“什么？”

“看我下去！”

老布卢门菲尔德像充了气的车胎一样涨起来了，比原先还浑圆有致。

“听着，先生——我不知道你姓甚名谁——”

“我姓巴辛顿－巴辛顿，我们该死的巴辛顿－巴辛顿——我是说我们巴辛顿-巴辛顿可不习惯——”

老布卢门菲尔德言简意赅地表达了自己如何看待姓巴辛顿－

巴辛顿及其不习惯。全剧组的都围过来聆听他的教诲。他们有的从舞台两侧冒出脑袋，有的从树后面探出身子。

“你得好好地给我老爸干活！”那胖小子很不客气地冲西里尔摇头晃脑。

“你少跟我不要脸！”西里尔喉咙里咔咔作响。

“什么？”老布卢门菲尔德一声咆哮，“你知不知道这是我儿子？”

“知道，”西里尔回敬，“我对你们两个深表同情！”

“你被开除了！”老布卢门菲尔德怒吼一声，浑圆度又略有增加，“从我的剧院滚出去！”

第二天早上十点半左右，我刚喝下凝神静气的乌龙茶滋润老好的五脏六腑，吉夫斯施施然走进来，通知说西里尔正在起居室等着见我。

“他样子如何，吉夫斯？”

“少爷？”

“巴辛顿－巴辛顿先生看上去怎么样？”

“我实在无权对少爷的朋友们品头论足，评论其五官特点。”

“我不是这个意思。我是问他看着是不是气呼呼的。”

“看不出，少爷，他神色安详。”

“怪了！”

“少爷？”

“没事。请他进来吧。”

我本以为昨天晚上那场恶战会在西里尔身上留下点余迹，比如灵魂焦躁神经抽搐什么的，懂我的意思吧？但他看着没什么特别的，甚至还挺快活。

“嘿，伍斯特，老伙计！”

“好啊！”

“我是来道别的。”

“道别？”

“是啊，一个小时以后我就出发去华盛顿了。”他坐在床上。“知道吗，伍斯特，好兄弟。”他接着说，“我思来想去，觉得我要是去当演员，对我那位当家的实在不厚道。你看呢？”

“我理解你的意思。”

“我是说，他送我来到大洋彼岸，是为了叫我增长见识什么的，知道吧，所以我忍不住想，要是我把他晾在一边跑去演戏，那他得多受打击呀。不知道我这么说你懂不懂，这是良心的问题。”

“你这么一走了之，不会害得他们演不成？”

“啊，没事。我都跟老布卢门菲尔德解释过了，他对我的立场表示理解。当然了，他很不愿意我走，说我这个角色没人能取代什么的。但话说回来，就算害得他为这事头大，但我想辞演是正确的选择，你说呢？”

“哦，可不！”

“我就知道你会支持我。好了，我得撤了。认识你三生有幸，废话不多说了，回见啦！”

“好走！”

他瞪着小孩子一样清澈湛蓝的金鱼眼扯完了这通谎话就告辞了。我按铃叫来吉夫斯。话说呢，我从昨天晚上开始就反复绞了一阵脑汁，并且看出了不少眉目。

“吉夫斯！”

“少爷？”

“是你安排那个大饼脸的小子去招惹巴辛顿－巴辛顿先生的？”

“少爷？”

“嗨，你明白我说什么。是你叫他把巴辛顿－巴辛顿先生从《爸爸说了算》剧组里开除的？”

“少爷，我自然不会如此擅作主张。”他开始帮我准备行头，“可能是布卢门菲尔德小少爷听到我随口说，依我之见，演艺事业并非巴辛顿－巴辛顿先生的理想选择。”

“我说，吉夫斯，知道吗？你真是了不得。”

“但求少爷满意罢了。”

“我真心感激不尽，知道我的意思吧？要不是你打消了他这个念头，阿加莎姑妈准保要爆发十六次，不，十七次。”

“料想是会招致些小摩擦和不快，少爷。我准备了红色细条纹的蓝套装，少爷，相信上身效果赏心悦目。”

说来也怪，我琢磨着吉夫斯为解决傻瓜西里尔的问题功劳不小，得给他点奖励才行，但直到吃过早饭出门走到电梯口那一刹那，我才想起来奖什么好。虽然于心不忍，但我意已决，就依了他，从此和那双紫袜子分道扬镳。毕竟，人偶尔总要做点牺牲。我正要折回去跟他宣布好消息，这时电梯正巧到了，于是我想，那就等回家再说好了。

我跳上电梯，负责开电梯的黑人兄弟一直默默注视我，一脸忠心耿耿什么的。

“我想谢谢您，先森。”他说，“多谢先森好意。”

“呃？什么？”

“吉夫斯先森按您的吩咐把这双紫袜子送给了我。真要多谢先森了！”

我低头一看，这伙计从脚踝骨以上是一片晃眼的木槿紫。我好像还没见过这么讲究的袜子。

“哦，啊！别客气！没说的！你喜欢就好！”我说。

唉，我是说，是吧？可不是！

# 11

## 炳哥同志

说起来事情的发端是在公园——在大理石拱门那头——形形色色的怪人每逢星期天下午就会聚集在这边，站在拼凑成的讲台上大发议论。一般来说我不爱凑这个热闹，不过我刚回到老好的都城，就约了这个安息日去曼彻斯特广场探望朋友，我不想到得太早，于是就往拱门漫步过去，结果不知怎的就给卷进去了。

如今大英帝国已今非昔比，所以我总觉得星期天的公园才是伦敦之心之所在，我的意思大家明白吧？我是说，对重归故土的游子来说，到了这儿心里才确然相信这是回来啦。前段日子迫不得已在纽约逗留，坦白说吧，我此刻贪婪地呼吸着这空气。听着这些家伙摇舌鼓唇的，我备觉舒坦，一切总算圆满结局，伯特伦终于回家了。

人群最边上离我最远的地方，一群人头顶大礼帽，正露天进行传教活动；再近一点的地方，一个信奉无神论的家伙口若悬河，说得那叫一个起劲，不过因为上唇漏风的缘故颇有点不灵便；而在我正对面，聚着一小撮严肃的思想家，打着一条横幅，上书“红色黎明使者”。我走近的时候，其中一位头戴阔边软帽、身穿花呢西装、蓄着一把大胡子的使者正严词谴责“富贵闲人”，其深度和力度令人折服，我不由得停下脚步，想仔细听一耳朵。这时身边有人跟我打招呼。

“伍斯特先生，没认错吧？”

说话人矮胖结实，我一时没想起来，然后突然灵光一闪。这是炳哥·利透的叔叔，当初炳哥爱上皮卡迪利某小吃店女服务员那会儿，我去他家吃过一次午饭。也怪不得我一下没认出来。上次见面的时候，他还是个挺邋遢的老先生，我记得他下来吃午饭的时候就踩着毛绒拖鞋、套着天鹅绒便服。但眼前的这位，用衣冠楚楚来形容都不够用。他头戴丝质礼帽，身穿晨燕尾服，配着淡紫色的鞋套和如今正时兴的阔腿裤，在阳光下显得神采奕奕。真是衣着考究的典范。

“哦，好啊！”我说，“最近挺好？”

“我身体极佳，承蒙关心。你呢？”

“好得不得了。刚从美国回来。”

“啊！是为你那些动人的爱情故事体验当地风情？”

“呃？”我想了一阵子才明白他的意思，“哦，不是。”我说，“就是想换个环境。最近见过炳哥没有？”我匆忙转了话题，不想多谈我所谓的文学事业。

“炳哥？”

“就是你侄子。”

“哦，理查德啊？有一段时间没见了。自从我结婚以后，我们叔侄之间的关系似乎有点冷淡。”

“很遗憾。这么说，自从上次见面后你结婚了？利透夫人都好吧？”

“承情，内人一切安好。不过——呃，不是利透夫人。咱们上次一别之后，一位仁慈的君主陛下对我荣宠有加，欣然赐予我一份嘉奖，具体就是——呃，册封。据上次颁布的授勋名册，我现在的身份是比特沙姆勋爵[1]。”

“哎呀，真的？我说，衷心祝贺呀。这可真该奔走相告，啊？比特沙姆勋爵？”我一个惊觉，“呀，那你不就是‘海风’的主人吗？”

“是的。婚姻生活使我在各方各面都有所拓展。内人对赛马颇感兴趣，现在我名下有一个数目不大的驯马场。据我理解，‘海风’要参加月底在苏塞克斯里士满公爵领地举办的古德伍德赛马会，并且是‘大热门’，是这么说吧？”

“古德伍德杯嘛，可不！我就押了‘海风’。”

“真的？我想这畜牲不会辜负你的期望。我本人在这方面知之甚少，不过据内人说，知情人士认为，内行看来是‘百分百’。”

突然间，我发现所有人都饶有兴趣地看着我们这个方向。再仔细一看，那个大胡子正用手指着我们。

“对，看吧，好好看吧！”他扯着嗓子，声音盖过了永动机老兄[2]，也压过了传教服务人员，“他们就是贵族阶级的典型代表，数百年来压迫着穷苦的百姓！游手好闲！不事生产！好好看

1 爵位和授勋名单分别于新年和君主生日时公布，虽然由君主赐予，但名单实由首相决定；比特沙姆勋爵受爵位理由当为资助党派。名称可由授勋人自由选择，不一定是自己姓氏（“利透”Little本意为“小”）。爵位是世袭制，炳哥并非直系，因此没有继承权。

2 原文如此。据1922年*The Strand*杂志版本，第一段有“中间偏左处，有个家伙正在兜售自己的永动机计划，呼吁有意者提供一亿英镑赞助，但听者寥寥”一句。

看那个瘦高个，长得像汽车标志物。他有没有本本分分干过哪怕一天的工作？没有！坐享其成的小偷！无所事事的混混！贪得无厌的吸血鬼！我打赌，他那条裤子还欠着裁缝钱！”

我觉得他有点针对个人的意思，觉得这样很不厚道。老比特沙姆倒是给逗得挺开心。

“这伙人啊，倒是很有出口成章的天赋。”他呵呵笑了，“鞭辟入里。”

“再看那个胖子！”那大胡子接着说，“别把他漏了。你们知道他是谁吗？此人就是比特沙姆勋爵，他们中间最可耻的一员。他每天除了一日四餐，还做过别的吗？他只信奉自己那张肚皮，殷勤供奉燔烧祭品。只要把他剖开，他那顿午饭足够喂饱十个工人家庭一个星期！”

“哎，语言组织得很好嘛。”我说，不过那老先生似乎不这么想。他脸涨成紫红色，还呼呼冒气，好像水壶烧开了。

“走吧，伍斯特先生。”他说，“我绝不是反对言论自由，但我再也不愿意听这种低劣粗俗的侮辱。”

我们不卑不亢默默地走了，那大胡子在背后一直指桑骂槐不依不饶。这还不叫尴尬。

第二天我去了俱乐部，炳哥正在吸烟室里。

“嗨，炳哥。”我很好脾气地朝他那个角落走过去，因为能见到这个笨蛋我是很高兴的。“年轻人，过得好吗？”

“凑合。”

“我昨天遇见你叔叔了。”

炳哥咧嘴一笑，整张脸都快咧成两半了。

“我知道，你这个混混。那，快坐下，老伙计，吸点血吧。最近偷东西手气如何？”

“老天！难不成你也在？”

“我在哦。”

“我怎么没看见你？”

“你看见了，只不过我藏在灌木丛后边，你可能没认出来。”

“灌木丛？”

“胡子啊，小子。这钱真是一分一毫都用在了刀刃上，戴上以后亲爹都认不出。当然，老有人冲你吼‘长毛怪’是挺烦，但也只有忍了。”

我目瞪口呆。

“我没明白。”

“说来话长啦。先来杯马提尼，或者一小杯魔药苏打，听我慢慢道来。不过，咱们一会儿再说这个。你得说心里话：她难道不是你有生以来见过的最动人的女子？”

他不知从哪摸出一张相片，像魔术师从帽子里变出兔子那样，对着我挥来挥去。看起来是位女士，依稀看得出眼睛牙齿。

“哎，老天！”我说，“可别告诉我，你又恋爱了。”

他一脸委屈。

“什么叫‘又’哇？”

“这，据我所知呢，自打开春，你至少爱过五六个姑娘，而且现在才七月份。先是那个女服务员，然后是霍诺里娅·格洛索普，还有——”

“呸，胡说！全是胡说八道！那几个？都是一时冲昏头脑罢了。这次是动真格的。”

“你们怎么认识的？”

“在巴士顶层。她芳名夏绿蒂・科黛・罗博瑟姆[1]。”

“天哪！”

“错不在她嘛，可怜的姑娘。她爸爸全心支持革命，所以给她取了这么个名字，似乎这个夏绿蒂・科黛专门趁压迫者们洗澡的时候拿着小刀子搞刺杀，所以她值得另眼相看，叫人敬佩。伯弟，你可得见见这位老先生。这人可有意思了。他要杀光资产阶级，抢光公园径[2]，把世袭的贵族制开膛破肚。这个嘛，是再公道也没有的，啊？行，回头说夏绿蒂。我们在巴士顶上，结果下雨了，我主动让雨伞给她，我们一来二去就聊开了。我找到了真爱，问她要了地址，又过了两天买了假胡子，去上门拜访。”

“可干吗要戴胡子？”

“这个嘛，在巴士上的时候，夏绿蒂跟我讲了她爸爸的各种情况，我琢磨着，要在他们家里取得立足之地，我就得加入这帮‘红色黎明使者’的行列。要是在公园里演讲呢，随时可能遇到十几个熟人，所以我自然要伪装一下。所以我就买了副假胡子。老天，跟你说，我现在简直离不开它了。就说我来俱乐部吧，摘了胡子，我觉得跟没穿衣服似的。而且老罗博瑟姆为此也格外看重我。他以为我是布尔什维克党员，为了躲避警方的耳目所以乔装打扮。伯弟，你一定得见见老罗博瑟姆。这么着吧。你明天下午有事吗？”

“好像没有。怎么了？”

1　夏绿蒂・科黛（Marie-Anne Charlotte de Corday Armont），刺死马拉的凶手。

2　Park Lane，伦敦中心繁华区，贵族居住区。

“太好了！你正好可以请我们去你家吃下午茶。我本来答应在兰贝斯[1]开完会以后请他们去里昂人民咖啡馆[2]，不过去你那我不就省了吗？兄弟，相信我，现在对我来说，省一分就等于赚了一分。我叔叔结婚了，他跟你说了吧？”

“说了。他还说你们关系冷了下来。”

“冷？我这儿都降到冰点了。自从他结了婚，就在各方各面大肆挥霍，却勒紧了我的荷包。我看为了那个贵族头衔，他是花了不少银子。这年头，连个男爵的价都贵得要命，这是我听说的啦。他还弄了个驯马场。对了，古德伍德杯你全部老本都押‘海风’。稳赢。”

“我正有这个打算。”

“保准差不了。我计划赚足了本好娶夏绿蒂。你自然要去古德伍德吧？”

“可不！”

“那就行。比赛当天我们会在赛场外边集会。”

“这，我说，你这不是太冒险了吗？你叔叔肯定也会去。万一他认出你呢？要是让他发现在公园里损他的人是你，他准要气炸了。”

“他怎么可能会发现？动脑子想想，你这吸食红细胞的小偷。既然他昨天没认出来，到了古德伍德怎么就突然认出来了？行，多谢你明天的盛情邀请，老伙计，我们却之不恭。兄弟，好好招待着，你会收获祝福的。对了，我刚才说‘下午茶’，大概误导了你。别净弄些黄油面包薄片，我们革命子女胃口可大着

1 Lambeth，伦敦南部的贫困区。

2 Lyons’ Popular Café，位于皮卡迪利。

呢，你得备齐了炒蛋、小松糕、果酱、火腿、蛋糕和沙丁鱼。我们五点准时上门。”

“可我说，我没明白——”

“你明白的，大笨蛋。难道你看不出来？等革命爆发的那天，你这就是积德了。到时候你看见老罗博瑟姆一手一只血淋淋的菜刀冲进皮卡迪利，你就会谢天谢地，提醒他他曾经喝过你的茶、吃过你的虾。我们总共四个人：夏绿蒂、本人、老先生和巴特同志。估计他死活得跟着来。”

“巴特同志又是哪根葱？”

“不知昨天你注意没有，我们小团队里有个人就站在我左边，小个子，皱巴巴的，活像患了肺病的黑线鳕，那就是巴特。是我的情敌，天杀的。他现在和夏绿蒂算是半订婚的关系，我出现以前他可是个大红人。他天生一副雾角般的嗓门，很受老罗博瑟姆器重。不过，去死吧，我要是不能彻底挫败这个巴特，把他赶出局，叫他滚回废物的阵营——哼，那我就不是炳哥·利透。他嗓门虽然高，却没有我出口成章的本事。感谢上苍，我当初是我们院赛艇队队长。好了，我可得走了。我说，你有没有什么办法让我进账五十镑？”

“你找工作呗。”

“工作？”炳哥一脸诧异，“什么，我？不行，我得再想想办法。我在‘海风’身上怎么也得押五十镑。行，明天见吧。老天会保佑你的，好兄弟，别忘了小松糕哦。”

也不知道怎么搞的，反正自打认识炳哥这个同学，我就莫名其妙地觉得对他有种责任感。我是说，他又不是我的亲生儿子

（谢天谢地）或者兄弟什么的。他跟我其实八竿子打不着，但我毕生的大部分心血似乎都耗费在为他操心操肺，像只老母鸡似的护着他，等他掉进火坑还得负责把他捞上来。想必这都怪我天性至善至美什么的吧。总而言之，他这段最新的恋爱叫我忧心忡忡。他好像费尽心思，非要挤进这个满门皆疯的家庭做女婿，至于他在没有经济来源的情况下如何供养精神失常的妻子，我想破脑袋也没答案。要是给老比特沙姆知道了，准保要断了他的生活费，而炳哥这个人呢，与其断了他的生活费，不如干脆找把斧子照着他脑袋来那么一下，一了百了。

“吉夫斯。”我回家以后跟他倾诉，“我心里很烦。”

“少爷？”

“是因为利透先生。我先不说怎么回事，他明天下午带几个朋友来吃下午茶，到时候你自会明白。我要你留心观察，吉夫斯，好有自己的看法。”

“遵命，少爷。”

“至于下午茶呢，准备些小松糕。”

“是，少爷。”

“还有果酱、火腿、炒蛋，外加五六马车沙丁鱼。”

“沙丁鱼，少爷？”吉夫斯打了个寒战。

“沙丁鱼。”

一时间我们都没有话说，气氛很尴尬。

“也不能怪我呀，吉夫斯，”我说，“又不是我的错。”

“不错，少爷。”

“好，就这些了。”

“是，少爷。”

看得出，他陷入了深思。

我总结发现，生活中有一条基本规律，凡事只要你做了最坏的打算，最终结果一般都没想象的糟糕。但是炳哥的茶话会是个例外。自从他自顾自下了请帖那一刻起，我就预感这事隐隐泛着青色，果不其然。我觉着整件事最叫人毛骨悚然的部分，是吉夫斯一瞬间几乎失态，自打我们认识以来，这可是破天荒头一遭啊。想来人人都有软肋，炳哥一击即中，下巴上垂着约15厘米的棕黄色大胡子一阵风似的进了门。我之前忘了提醒吉夫斯留神胡子这茬，结果对他真是晴天霹雳。我看到他下巴拉长了，抓着桌子角勉强撑着。我不怪他，真的。要说面目可憎，几乎无人能和顶着菌群的炳哥媲美。吉夫斯脸色有些苍白，不过他很快克服了心理障碍，恢复了本色，虽然我看得出，他身心大受打击。

炳哥忙着给大伙作介绍，所以没怎么注意。今天的客人可谓是三流的展品[1]。巴特同志貌似雨后枯木里钻出来的生物；至于老罗博瑟姆，我想最恰当的形容是“遭了虫蛀”；而夏绿蒂呢，简直瞬间把我带到了一个可怕异样的世界。倒不是她有多难看，说实话，要是她少吃点淀粉食物，多做做瑞典运动操，说不定就能耐看不少。可惜，她实在是一眼看不过来。身材那叫一个丰腴。或许最好称之为富态吧。此外，她或许是有颗金灿灿的心，不过她给人的第一印象是那颗金灿灿的牙。我知道，炳哥一进入状态，可以说不论什么样的他都有本事爱上，可这一回，我实在没法帮他开脱了。

---

1　C3，根据英国1916年《兵役法》规定，按医学分类将征兵分为A1至C3等。C3等级最低，属该等级的士兵或出身低微或体质较差。

“我的朋友，伍斯特先生。”炳哥完成了介绍仪式。

老罗博瑟姆先是看着我，又环视了一下四周，看得出，他不大乐观。虽然我这间公寓一点也不似东方异国般极尽奢华，不过在舒适度上我却没吝啬过，估计他看着有点刺眼。

“伍斯特先生，”老罗博瑟姆说，“可否叫你伍斯特同志？”

“你说什么？”

“你也是运动的一分子吧？”

“这，呃——”

“你渴望革命吗？”

“这，我其实不怎么渴望。我是说，据我了解，你们计划的核心就是杀光我们这种人，坦白承认，我倒不怎么热衷这个念头。”

“但我正在说服他。”炳哥插嘴说，“和他展开思想斗争。再有几个回合就能成事。”

老罗博瑟姆不怎么信任地看着我。

“利透同志口才的确出众。”他承认。

“我觉得他说得特别精彩。”那姑娘接口道。炳哥朝她投去一瞥，目光如此深情款款，使我脚下一个不稳。巴特同志似乎也不大乐意。他怒视着地毯，咕哝着什么在火山上跳舞。

“茶已备好，少爷。”吉夫斯说。

“茶，爸！”夏绿蒂一听到这个字就如同久经沙场的战马听到军号。我们纷纷入座。

说来也怪，一个人年纪渐长品位就变了。我记得念书的时候，为了下午五点吃上炒蛋和沙丁鱼，我心甘情愿出卖灵魂。但说不上为什么，自从成年以后，我这个习惯就戒掉了。不得不承认，看到革命儿女们埋头苦吃的架势，我可是吓得不轻。就连巴特同志也一扫之前的阴郁，全身心沉浸在炒蛋里，只偶尔抬起头抓起茶杯猛灌一气。很快热水就用光了，我望着吉夫斯。

“再添点热水来。”

“遵命，少爷。”

“嘿！怎么回事，怎么回事？”老罗博瑟姆放下茶杯，严厉地望着我们。他点着吉夫斯的肩膀说：“别扮奴才相，我的孩子，别扮奴才相！”

“抱歉，先生？”

“别叫我先生，叫我同志。你清楚自己是什么吗，我的孩子？你就是已经破除了的封建制度的遗少！”

“好的，先生。”

“一说起来我就血脉贲张——”

“再来一条沙丁鱼吧。”炳哥及时插嘴——自打我认识他以来，他终于做了一件明智之举。老罗博瑟姆一连来了三条，放下了话题，吉夫斯静悄悄地退下了。我看着他那副背影就知道他什么感受。

后来我开始觉得这顿茶恐怕要吃到地老天荒，这时大伙总算吃饱喝足了。我猛地惊醒过来，发现他们准备走了。

沙丁鱼加上三夸脱的茶下肚，老罗博瑟姆一派和颜悦色。他跟我握手告别，目光中甚至透着亲切。

“真要谢谢你盛情款待，伍斯特同志。”他说。

“哦，不客气！我很高兴——”

“盛情款待？”巴特从鼻子里哼了一声，我只觉耳边一只深水炸弹爆炸了。他对着窗边嘻嘻哈哈的炳哥和夏绿蒂两人皱起眉头，一脸抑郁之色。“咱们简直味同嚼蜡！鸡蛋！松糕！沙丁鱼！都是从挨饿的穷人们皲裂的嘴里抢来的！”

“哟，我说！怎么这么不中听！”

“我回头找些论述伟大事业的书籍给你。”罗博瑟姆说，“我希望不久以后会在我们的小小集会中见到你的身影。”

吉夫斯进来收拾，看到我一个人守着杯盘狼藉。巴特同志竟然还有脸挑剔茶点，他对他盘子里的火腿可没留情，还有他剩的那点果酱，就算喂到挨饿的穷人们皲裂的嘴里，怕都不够塞牙缝的。

“吉夫斯。”我开口，“你看如何？”

“我还是保留意见为妙，少爷。”

“吉夫斯，利透先生爱上了那位女士。”

“我已经猜到大概，少爷。那位女士在过道里不住地捶打他。”

“捶打他？”

“是，少爷。是在打情骂俏。”

“老天！想不到他们进展到这份儿了。那巴特同志有什么反应？还是他没看见？”

“不，少爷，他目睹了全部经过，看起来大为吃醋。”

“不能怪他。吉夫斯，咱们怎么办啊？”

“我暂时也没有头绪，少爷。”

“情况不妙啊。”

“的确不妙，少爷。”

吉夫斯也只给了我这么多安慰。

# 12

## 炳哥在赛马会上马失前蹄

我约了隔天和炳哥碰面，跟他说说我对母夜叉夏绿蒂的看法。我拖着步子上了圣詹姆斯街，正琢磨如何跟他交代，又不会伤他的感情，因为我看她是全世界万里挑一的鬼见愁。这时德文郡俱乐部[1]里走出两个人，我一看，不正是老比特沙姆和炳哥吗？我加快脚步追了上去。

“哟哦！”我说。

这句简简单单的招呼却造成了地震般的效果。老比特沙姆从头到脚颤抖起来，活像屠刀下的牛奶冻。他双眼凸出，脸色发青。

“伍斯特先生！”他似乎多少平复了一些，好像我还算不上他最大的噩梦，“你叫我受惊不小。”

“哦，抱歉。”

“我叔叔。”炳哥压低了声音，像怕惊醒梦中人似的，“今天早上状态不佳。有人寄了一封恐吓信。”

1　自由党支持者俱乐部，得名于第一任会长德文郡公爵，建于1874年，位于圣詹姆斯街50号。已于1976年解散。由此推测，比特沙姆的爵位应为时任自由党首相劳合·乔治（1916—1922）所决定。

“只怕我有性命之虞。”老比特沙姆说。

“恐吓信？”

“写信人，”老比特沙姆说，“教育程度不高，措辞强硬，句句威胁。伍斯特先生，你记不记得上星期日在海德公园，曾有一个不怀好意、蓄着一把胡子的人，肆无忌惮地对我展开言语攻击？”

我吓了一跳，忙望向炳哥，他却是一副体贴关切的严肃表情。

“怎么——啊，是。”我说，“一把胡子的人。那个大胡子。”

“你能不能认出他来，如果需要的话？”

“这，我——呃——你的意思是？”

“是这样的，伯弟。”炳哥说，“我们认为，这个大胡子就是幕后黑手。我昨天晚上正巧从庞斯比花园街经过，也就是我叔叔住的那条街，走过他们家门口的时候，看见有个人鬼鬼祟祟的，匆匆下了台阶。想来他刚把信塞进门缝。我注意到他留着一把胡子。但我当时没怎么留意。结果今天上午，我叔叔把信拿给我看，还说起在公园里见过这么一个人。我打算去查探一番。”

“应该报警。”比特沙姆勋爵说。

“不行。”炳哥坚定地反对，“调查这个阶段还不行，免得打草惊蛇。叔叔，你不用担心。我想我有办法把此人揪出来。一切包在我身上。你先坐车回家吧，待我和伯弟商量一下。”

“你真是个孝顺孩子，理查德。”老比特沙姆说。我们给他拦了一辆出租车，把他打发走了。我转身盯着炳哥的眼睛。

“信是你写的？”我问。

“可不！真该给你看看，伯弟！我可是写出了绅士通用恐吓信的杰作。”

“但你有什么好处？”

“伯弟，好兄弟。”炳哥激动地抓住我的袖子，“我的理由再充分不过啦。无论后世对我如何评价，都不能昧着良心说我‘不具备精明的商业头脑’。瞧！”他拿着一张纸样的东西在我眼前挥舞。

“老天！”那是一张支票，一张五十镑的支票，如假包换人见人爱，开票人比特沙姆，抬头写着理·利透的大名。

“做什么的？”

“辛苦费呀。”炳哥说着把支票揣进兜里，“你以为这种调查是免费的吗？我马上去银行，把他们个个吓得抽风。之后我再晃悠过去找我那个庄家，把钱全压在‘海风’上。这种情况呢，伯弟呀，就是要讲究手腕。要是我直接跟我叔叔伸手要五十镑，他能给吗？当然不给！但是我动了动手腕——哦，对了，你觉得夏绿蒂怎么样？”

“这，呃——”

炳哥情意绵绵地摩挲着我的袖子。

“我懂，老兄，我懂。别搜肠刮肚想词了。你也为她倾倒吧？简直不会说话了，啊？我懂。谁见了她都是这样。好，我这就走了，兄弟。哦，还有一个事——巴特。巴特怎么样？自然界最大的败笔，你说呢？”

“我得说，他是不怎么活泼。”

“我觉着他已经是我的手下败将啦，伯弟。夏绿蒂答应今天下午和我去动物园，就我们俩。然后去看电影。这看着就要圆满结局了，是吧？行，回见啦，我的总角之交啊。上午你要是没什么好做的，不如去逛逛邦德街，挑挑结婚贺礼吧。”

从那以后就一直没有炳哥的消息。我在俱乐部留了好几次话，叫他打电话给我，但也不见下文。我猜他是忙得不可开交，没空回我吧。另外，红色黎明之子也淡出了我的生活，不过据吉夫斯说，有一天晚上他遇见了巴特同志，还跟他寒暄了几句。他说巴特比往常还要阴沉，看来在争夺曲线美夏绿蒂之争中，他已经沦为冷门了。

“利透先生出现后，他相形见绌，少爷。”吉夫斯说。

“噩耗啊，吉夫斯，噩耗。”

“是，少爷。”

“我估计呢，这说明炳哥一旦甩开了膀子铆足了劲，不论是神力也好人力也罢，都阻止不了他冒傻气。”

“看来如此，少爷。”吉夫斯说。

转眼到了古德伍德杯，我翻出最上等的行头跑去赶场子。

每次讲故事的时候，我总拿捏不好，究竟是删繁就简只写要点呢，还是不厌其烦地铺垫一下气氛什么的。我是说，许多人准会在叙事的紧要关头下大力气描写一下古德伍德的盛况，比如湛蓝的天空、翻滚的赌注、欢快的扒手和相对应的被扒手光顾的对象，以及——一句话概括，凡此种种。我觉得还是算了。而且就算我想多写点比赛细节，我也没那个心情。打击近在眼前，痛苦仍萦绕在心头。是这样的，“海风”（去死吧！）在比赛当中连个名次都没捞着。相信我，没捞着。

这正是考验灵魂的时刻。要是人人看好的热门出了岔子，自己还深陷其中，这从来就不是什么愉快的经历。而这只气死人的畜生呢，本来以为跑跑比赛不过就是走个形式，像古老雅致的仪式，走完过场，就可以悠然踱过去找庄家拿钱了。我漫无目的地走出赛场，想忘了这一切，这时碰巧撞上了老比特沙姆。只见他神色慌张，脸涨得紫红，双眼凸出，和头部明显呈夹角。我不禁默默地握住了他的手。

“彼此，彼此。”我说，“你折了多少？”

“折？”

“‘海风’啊。”

“我没有在‘海风’身上下注。”

“什么！本届比赛大热门是你养的，可你却没下注！”

“我从来不赌马，这有违我做人的原则。听说这畜生没有获胜。”

“没有获胜！哼，它落得那么远，差点赢了下一轮的项目。”

“啪！”

“可不是啪。”我表示赞同。这会儿我突然奇怪起来。“要不是因为赌输了，”我说，“你怎么慌成这样？”

“那家伙在这儿！”

“谁？”

“那个大胡子。”

直到此刻我才想起炳哥这个人，由此可见我的灵魂可谓是备受煎熬。我这时突然想起来，他说过要来古德伍德的。

“他正在发表煽动性的演讲，专门针对我的。跟我来！就在人堆那儿。”他领着我，通过科学地使用其身形，一直挤到了人群最前排。“看！你听！”

炳哥现场发挥的功力还真不俗。那只连前六名都没进的蹩脚货害得他血本无归，他化悲愤为灵感，这会儿正侃侃而谈，讲富豪阶级的马主们心如黑炭，如何欺骗善良的大众，让他们相信自己的马绝对有实力，而真相是它连驯马场都跑不完一圈就得盘着腿坐下歇一会儿。他接着又描述了一个工薪家庭如何上当受骗，不得不承认，说得真是催人泪下。他讲到，这个家庭的男主人如何积极乐观，一派赤子之心，对报纸上讲“海风”的那些话深信不疑；他如何叫妻子孩子饿着肚子，好攒钱在这畜生身上下注；自己如何连啤酒都忍住不喝，只为了多凑一先令；他如何在比赛前一晚用帽针撬开了小宝贝的存钱罐；最终希望又是如何轰然崩塌。真叫人由衷佩服。我看到老罗博瑟姆微微颔首，而可怜的巴特对演讲人怒目而视，嫉妒之情溢于言表。观众拼命欢呼。

“可是比特沙姆勋爵在乎什么？”炳哥扯着嗓门，“苦命的工人就这样丢了辛苦赚来的血汗钱，关他什么事？我来告诉你们，朋友们，同志们，任你们嘴里说得多么动听，争辩得多么激烈，口号喊得多么响亮，决心下得多么坚定，但你们需要的是行动起来！行动起来！要想创造一个属于正派人的世界，就必须先让比特沙姆勋爵之辈血流公园径！”

人群之中爆发出阵阵叫好声，我看大多是压了该死的“海风”，因此特别有感触。老比特沙姆一路小跑，冲到一直静观其变的警察身边，此人高大威武，一脸忧郁，老比特沙姆似乎是恳请他出面帮忙，但警察先生抓了抓八字胡，又微微一笑，表示除此之外无能为力。老比特沙姆折回我身边，喘得那叫一个厉害。

“令人发指！那个人明明危及到我的个人安全，但警察居然不肯干涉，说他就是耍嘴皮子！耍嘴皮子！令人发指！”

“可不是。”我表示同意，不过安慰效果似乎不大。

这会儿轮到巴特同志发言了。他那副嗓门如同末日号角[1]，每个字都叫人听得一清二楚，但不知怎的，群众反响却不大。我琢磨是因为他没有触动心灵吧，好像是这个词。听了炳哥的演讲，大伙期待着听点大快人心的东西，而不是什么神圣事业的大官话。

听众开始对这个可怜鬼肆无忌惮地呛话，他一句话没说完突然住了口。我发现他正盯着老比特沙姆。

大伙以为他没词了。

“含块喉宝吧。”不知谁喊道。

巴特同志猛地精神一振，我站得近，看得出他眼中闪着恶毒的光。

“啊！”他高喊，“同志们，你们尽管嗤笑，尽管冷嘲热讽，尽管揶揄，但让我来告诉你们，这场运动正不断蔓延，每一天，每一刻。不错，甚至已经蔓延到了所谓的上层阶级。为了让你们相信，我不妨告诉你们，就在今天，就在这讲台上，我们的小团体中就有一位积极分子，他正是你们大伙刚才嘲骂的比特沙姆勋爵的亲侄子。”

还没等炳哥反应过来，巴特就伸手抓住了他的胡子，一把揭了下来。相比这场舞台动作戏，炳哥刚才的演讲可是小巫见大巫了。我听到身边的老比特沙姆尖叫了一声，难以置信似的，他可能还做了些评论，不过全都淹没在雷鸣般的掌声中。

不得不承认，在这场危机中，炳哥展现出了不凡的果敢和意志。才不过一眨眼的工夫，他已经掐住了巴特同志的脖子，想把

1　《旧约·哥林多前书》15:51：就在一刹那，眨眼之间，号筒末次吹响的时候；因号筒要响，死人要复活成为不朽坏的，我们也要改变。

他的脑袋拧下来。可惜还没等他取得任何成果，那个一脸忧郁的警察就如同中了魔法般面露喜色，他大步上前，过了一分钟，他已经回到人群中挤出一条路，右手揪着炳哥，左手拎着巴特。

“让一让，先生，麻烦了。”他走到挡着要道的老比特沙姆面前，很客气地说。

“呃？”老比特沙姆还是没回过神来。

炳哥听到这个声音，迅速从警察右手的阴影下抬头一望，就在这一瞬间，他所有的精神头一下子消失殆尽。那一刹那他像朵蔫头耷脑的百合花，然后跌跌撞撞地走了，好像受了当头一棒的样子。

每天吉夫斯给我端来早茶摆在床头柜后，有时候会悄然退下，让我独自享用，有时候会恭恭敬敬地立在地毯中央，这时候我就知道他心里有话。从古德伍德回来那天，我本来正躺在床上盯着天花板，突然间发现他还没走。

“哦，嗨。”我说，“有事？”

“利透先生早些时候打过电话，少爷。”

“哟，老天，是吗？他跟你讲了经过没有？”

“讲了，少爷。他想见少爷也是为此。他打算到乡下隐居一段日子。”

“还怪明智的。”

“我也这样想，少爷。不过，还有一个小小的财务障碍需要克服。我擅自做主，预先替少爷答应出十镑来打点目前的费用。相信少爷不会反对。”

“啊，当然。从梳妆台上拿十镑好了。”

“遵命，少爷。”

“吉夫斯。”我说。

“少爷？”

“我想破了脑袋也闹不明白这究竟是怎么回事。我是说，巴特怎么会知道他是谁？”

吉夫斯轻咳一声。

“少爷，只怕部分责任在我。”

“你？怎么说？”

“只怕是我上次和巴特先生见面时，无意间透露了利透先生的身份。”

我坐起身。

“什么？”

“不错，少爷，如今细细想来，我记得的确如此。我当时说，利透先生为革命事业贡献不菲，似乎应该为众人所知才是。我为此十分自责，竟然会因此惹得利透先生和勋爵阁下一时失和。只怕还有另一个问题，利透先生和上次来吃茶的那位小姐断绝往来，只怕我也难辞其咎。”

我再次坐起身。说来也怪，直到此刻我才突然看到乌云后的这抹金边。

“你是说他们吹了？”

“一刀两断，少爷。据利透先生所言，他这方面的希望已经全然落空。其他的障碍不提，据利透先生说，至少这位小姐的父亲如今将他视为奸细、叛徒。”

“哟，见鬼了。”

“是我粗心大意，引来这么多烦扰，少爷。”

“吉夫斯！”我说。

“少爷？”

“梳妆台上有多少钱？”

“除了少爷吩咐我拿走的十镑，还有两张五镑的、三张一镑的和一张十先令的纸币，两枚半克朗、一枚弗罗林、四枚一先令、一枚六便士和一枚半便士的硬币[1]，少爷。”

“全收走。”我说，“你应得的。”

1　当时的英国货币，1镑=20先令，1先令=12便士，半克朗=2先令6便士，1弗罗林=2先令。

# 13

## 讲道让步大赛

每年古德伍德一过，我就会有点躁动不安。一般来说，我对花鸟树木大自然之类的没什么兴趣，不过八月里的伦敦的确不在最佳状态，我总觉着百无聊赖，琢磨着要不要去乡下避一避，等有点盼头以后再回来。炳哥那惊天地泣鬼神的收场之后，几个星期之内，伦敦城就空了，还一股子烧焦的沥青味。我那些死党纷纷走了，剧院大部分也关了，皮卡迪利没几铲子就给掏空了。

天气热得死人。这天晚上我坐在公寓里，正努力积攒意志力好起身回房睡觉，突然觉得忍无可忍了。等吉夫斯举着托盘送来提神醒脑剂，我就跟他开门见山。

“吉夫斯。”我一抹额头，像搁浅的金鱼似的拼命喘息，“真是热疯了。”

“的确酷热难耐，少爷。”

“别兑太多苏打，吉夫斯。”

“是，少爷。”

“我看咱们也别在大都会待着了，目前需要变通。撤吧，你说呢，吉夫斯？”

“就如少爷所言。少爷，托盘里有一封信函。”

“哎哟，吉夫斯，这不是诗吗？押韵的，发现没有？”我拆开信，“我说，真不可思议。”

“少爷？”

“你知道特维公馆吧？”

“是，少爷。”

“那，利透先生在那儿。”

“果然，少爷？”

“可不，如假包换。他又跑去当家庭教师了。”

古德伍德风波以后，倾家荡产的炳哥·利透跟我借了十镑，然后就悄没声地跑到不知哪去了。我四处打探，跟我们共同的朋友打听有没有他的消息，但是谁也没有。原来他一直在特维公馆啊。怪吧？至于为什么怪，听我慢慢道来。特维公馆是威克哈默斯利勋爵的地盘，我那位当家的在世时跟他是铁哥们，所以他家大门永远为我敞开，欢迎我随时去做客。我通常会趁夏天过去住上一两个星期，读信前我刚好就想着要不要过去。

“还有，吉夫斯，我那两位堂弟克劳德和尤斯塔斯——你记得他们吧？”

“历历在目，少爷。”

“嗯，他们也在呢，由牧师领着温习什么考试。我自己还跟他学过呢，他远近闻名，特别善于教导智商欠奉的学生。这么说吧，连我都因为他过了‘小考’[1]，这下你就该明白他有多神了。所以我说不可思议呀。”

---

1　牛津文学士学位三次考试中的初试，包括拉丁语、古希腊语和数学。已于1960年取消。

我拿起信又读了一遍，是尤斯塔斯写的。克劳德和尤斯塔斯这对双胞胎兄弟，普遍被认为是人类之祸害。

格洛斯特特维

牧师宅

亲爱的伯弟：

你想不想赚点钱？听说你在古德伍德手气不佳，所以估计是想。那，快点过来，参加本季度最盛大的体育赛事吧。见了面我再跟你细说，不过信我的话，没问题。我和克劳德在老赫彭斯托尔这儿参加书友会，总共九个人，再加上你哥们炳哥·利透，他正在公馆教他家公子。莫失良机，一生只此一次。来加入我们哦。

你的

尤斯塔斯

我把信交给吉夫斯。他认真地读了一遍。“你觉得怎么样？信写得挺怪的，啊？”

“克劳德和尤斯塔斯这两位年轻的绅士精力充沛，分析看来，他们是筹划了什么赌局。”

“是，你看具体是赌什么？”

“很难猜测，少爷。少爷注意到没有，信的反面还有内容？”

“呃，什么？”我抓起信纸。最后一页的背面写着以下内容：

讲道让步赛

选手和投注

暂定赔率

约瑟夫·塔克牧师（巴杰威克），无让步

伦纳德·斯塔基牧师（斯泰普尔顿），无让步

亚历山大·琼斯牧师（上宾利），让三分

迪克斯牧师（山地小克里克顿），让五分

弗朗西斯·赫彭斯托尔牧师（特维），让八分

卡斯伯特·迪布尔牧师（小鲍斯特德），让九分

奥尔洛·霍夫牧师（大鲍斯特德），让九分

罗伯茨牧师（水边费勒），让十分

海沃德牧师（下宾利），让十二分

詹姆斯·贝茨牧师（山边甘德尔），让十五分

（以上已确定）

赔率：5–2：塔克、斯塔基；3–1：琼斯；9–2：迪克斯；6–1：赫彭斯托尔、迪布尔、霍夫；其余：100–8。

莫名其妙。

“你懂了吗，吉夫斯？”

“不懂，少爷。”

“那，我看咱们至少得弄弄清楚，啊？”

“自然，少爷。”

“那好啦。准备好咱们备用的领结牙刷，用干净的牛皮纸包好，再给威克哈默斯利勋爵拍封电报，说咱们即刻赶到，然后订

两张明天下午五点十分从帕丁顿出发的车票。”

五点十分的火车照例误点，等我赶到公馆的时候，大家正在换衣服准备吃晚餐。我以史上最快的速度换好晚宴行头，三步并作两步蹿下楼，奔进餐厅，总算和第一道汤羹打成平手。我稳稳地坐在空出来的椅子上，发现坐在身边的是威克哈默斯利的小女儿辛西娅。

“哦，好啊，老朋友。”我说。

我们俩自小青梅竹马，实际上，有那么一阵子我还琢磨着自己是爱上了她。不过这早过去了。要知道，她可是美丽动人活泼开朗，可惜满脑子理想主义。有可能是我看错了，不过我觉得，她肯定是那种要对方开创一番事业的姑娘。我就听过她对拿破仑赞不绝口。总而言之，一来二去的，我那份痴迷渐渐淡了，现如今我们就成了好哥们。我觉着她顶呱呱，她觉着我神经病，因此我们在一起总是其乐融融。

“那，伯弟，你还是来了？”

“是啊，我还是来了。瞧，近在眼前。我说，好像叫我赶上了一场特别有朝气的晚宴。这些都是什么人啊？”

“哦，都是周围的邻居。大部分你都认识。你认得威利斯上校、斯宾塞一家——”

“当然。还有老赫彭斯托尔。斯宾塞夫人旁边那位牧师是谁？”

“海沃德先生，下宾利的牧师。”

“今天的牧师还真多呀。嘿，威利斯夫人旁边不也是？”

“那是贝茨先生，赫彭斯托尔先生的侄子。他在伊顿当助教，暑期来这边过，给山边甘德尔的教区长斯佩提格先生当临时代理。”

“我就说他面熟。我在牛津念大一的时候他大四，很有血性，进了赛艇校队什么的。”我又环顾了一圈，这回看到了炳哥。

“啊，他在那儿。”我说，“好家伙。”

“谁？”

“炳哥·利透，我铁哥们。就是你弟弟的家教，知道吧？”

“天呀！他是你的朋友？”

“可不！有一辈子的交情。”

“那你告诉我，伯弟，他是不是脑子有问题？”

“脑子有问题？”

“不单是因为他是你朋友。我是说他举止怪异。”

“什么意思？”

“这，他看我的眼神可怪呢。”

“怪？怎么怪法？学来看看。”

“当着这么多人，我怎么学呀。”

“没问题，我用餐巾挡着。”

“那好吧。快点。看！”

考虑到她只有一秒半的时间准备，我得承认，她学得还真是有模有样。她嘴一张，眼睛一瞪，下巴歪向一边，努力装出消化不良的呆瓜表情，所以我一看这症状就明白了。“哦，没事。”我说，“不用担心。他就是爱上你罢了。”

“爱上我？别胡说了。”

“亲爱的老朋友，你是不了解炳哥。是个人他就能爱。”

“多谢夸奖！”

“哦，我不是那个意思，你知道的。他为你着迷我也不奇怪。想当初我不也爱过你吗？”

“爱过？啊！这么说现在只剩下一堆冷灰了？伯弟，你今天晚上口齿可不大伶俐呀。”

“这，我的好姑奶奶，见鬼，我当初跟你求婚，你可是一口回绝，还差点笑没气了——”

“嗨，我又不怪你，自然是双方都有问题啦。他挺帅的，是吧？”

“帅？炳哥？炳哥帅吗？嘿，我说，别闹了！”

“我是说，和某些人相比。”辛西娅说。

吃过饭，威克哈默斯利夫人示意女士们先撤，她们很本分地一哄而散。我一直没找到机会和炳哥说话，后来在起居室也没见着他人，不过最终总算叫我在卧室里逮到了他。只见他双腿搭在床栏上躺着，吸着烟袋，身边还摆着一本笔记本。

“嗨，滑稽鬼。”我说。

“嗨，伯弟。”他显得闷闷不乐、心不在焉的。

“想不到你跑这儿来了。看来是古德伍德狂欢节以后你叔叔断了你的生活费，所以你只好接了家教的活儿，免得食不果腹？”

“不错。”炳哥生硬地回答。

“那，你也该跟大伙说一声啊。”

他脸色一沉，眉头一皱。

“我就是不想叫他们知道，我只想偷偷躲起来，谁也不见。伯弟，这几个星期里我很不好受。阳光不再普照——”

“奇怪了。伦敦天天大晴天。”

“鸟儿不再歌唱——”

“什么鸟儿？”

“什么鸟儿，有什么鬼关系？”炳哥挺粗暴地说，“随便什么鸟儿。附近的鸟儿。你以为我叫得出人家小名还是怎么着？跟你说，伯弟，头几天我心如刀割，刀割呀。”

“什么割的？”我完全摸不着头脑。

“夏绿蒂见利忘义，麻木无情。”

“哦，啊！”我目睹炳哥无数次恋爱失败，差点忘了古德伍德一役还牵涉了一个姑娘。可不是！夏绿蒂·科黛·罗博瑟姆是也。我想起来了，她甩下炳哥，跟巴特同志跑了。

“我饱受煎熬啊。不过，最近呢，呃，算是振作了一点。告诉我，伯弟，你怎么会来这儿？我没想到你也认识这家人。”

“我？嗨，我打小就认识他们了。”

炳哥“砰”的一声撂下双腿。

“你是说，你一直认得辛西娅小姐？”

“可不！我们认识那会儿她七岁还不到呢。”

“老天！”炳哥望着我，好像觉得我很了不起，这种情况还是头一遭。他呛了一口烟。“我爱她，伯弟。”他咳嗽够了开腔道。

“是啊，她人很不错，自然。”

他瞪着我，满脸鄙视。

“不许你用这么随随便便的口气提她。她是天使，天使啊！吃饭那会儿她究竟有没有提到我？”

“哦，有啊。”

“她说什么了？”

“我记得一句。她说觉得你挺帅。”

炳哥合上双眼，一阵陶醉。然后他抓起笔记本。

“老兄，你快走，大好人。”他哑着嗓子，声音像从远处传来的，“我要写点东西。”

“写东西？”

“写诗，实话告诉你吧。该死的。”炳哥口气中不乏苦涩，“家里怎么给她取了辛西娅这个名字，根本没法押韵嘛。神啊，我文思泉涌，可惜她不叫简！”

第二天一大早，阳光灿烂。我躺在床上，对着梳妆台上晃眼的阳光直眨眼。我琢磨着吉夫斯不知什么时候能端茶进来，这时一件重物突然压在我脚上，随即炳哥的声音破坏了这清新的空气。这臭小子准是和云雀一个点儿起来的。

“别烦我。”我说，“我要一个人待着。没喝早茶我谁都不见。”

“辛西娅一笑，”炳哥念，“天空湛蓝蓝，世界红灿灿，鸟儿枝头唱，万物乐开颜；辛西娅一笑[1]。”他轻咳一声，调子一转，“辛西娅一颦——”

“什么乱七八糟的？”

“我在念我写的诗啊，昨晚写好献给辛西娅的。我接着念，好吧？”

“不好。”

“不好？”

“不好。我还没喝茶呢。”

1 仿济慈《致查尔斯·考登·克拉克》（*To Charles Cowden Clarke*）中“辛西娅对着夏夜微笑”一句。辛西娅即希腊神话中的月神。

正好这时吉夫斯端着老好的热饮进来了。我一声欢呼扑将过去。几口茶下肚，精神状态恢复了一点，就连炳哥看着也没那么碍眼了。等一杯饮尽，我已经焕然一新，不仅允许而且鼓励这可怜虫念完这首破玩意儿，甚至还兴致勃勃地批评其第五节第四行的韵律。我们争论不休，这时门“嘭”的一声开了，克劳德和尤斯塔斯冲了进来。田园生活有个缺点一直叫我望而却步，那就是各种活动都安排在一大早。有两回我在乡间小住，他们六点半就把我从睡梦中揪起来，要一起去湖里游两圈。幸好，特维的人知道我的脾气，让我早餐在卧室里吃。

这对兄弟见到我显得很高兴。

“亲爱的伯弟！”克劳德说。

“够意思！”尤斯塔斯说，“牧师说你来了，我就猜到你读了那封信准来。”

“伯弟绝不会叫咱们失望。”克劳德说，“浑身上下都是体育精神。那，炳哥都跟你说了？”

“什么也没说啊。他刚才——”

“我们在说别的事。”炳哥匆忙打断。

克劳德不客气地拿起最后一片黄油面包，尤斯塔斯自顾自地倒了一杯茶。

“是这样的，伯弟。”尤斯塔斯舒舒服服地坐下了，“信里我都交代了。我们总共九个人，困在这片荒岛上，由赫彭斯托尔领着念书。当然啦，太阳照不到的地方都38摄氏度，埋头苦读古典文学完全是赏心乐事嘛。不过有时候还是觉得需要放松一下，老天，这地方的娱乐设施从何谈起？后来施特格斯有了主意。他也是读书会的，私下跟你说吧，他是卑鄙小人一个。不过呢，他这主意不错，这还是得承认的。”

“什么主意？”

“嗯，你也知道这附近牧师特别多，方圆六英里内有十几个村子，每个村子有一座教堂，每座教堂配着一位牧师，牧师每逢星期天都要讲道。下周的明天，也就是23号星期日，我们要举行讲道让步大赛。施特格斯坐庄。每个牧师都派了一个忠实可靠的干事计时，谁讲的时间最长谁就获胜。我寄的那张赛程单你研究过没有？”

“我压根就没看懂。”

“嘿，笨蛋，就是让步条件和每个参赛选手目前的赔率呀。你那张丢了也没事，我这儿还有一份。那，仔细瞧瞧，一目了然。吉夫斯，好兄弟，你也试试手气？”

“先生？”吉夫斯刚端着早餐飘进来。

克劳德解释了一番来龙去脉。吉夫斯一下子就懂了，真有他的。只见他如慈父般微微一笑。

“多谢先生，我就不必了。”

“那，你会跟我们参加吧，伯弟？”克劳德说着，顺了一个面包卷和一条熏肉，“赛程单你研究好了没有？那，说说看，你有什么意见？”

当然有。我第一眼就发现了。

“嘿，肯定是赫彭斯托尔啦。”我说，“这不是板上钉钉的事吗。全国上下有哪个牧师敢让他八分钟的？你那个施特格斯同学准是个笨蛋，给他设了这么个让步条件。嘿，当年我跟赫彭斯托尔念书的时候，他有哪场布道少于半个钟头的？有一篇讲‘手足之爱’的，足有四十五分钟呢。他最近是精力不济还是怎么了？”

“才没呢。”尤斯塔斯说，“克劳德，跟他讲讲事情经过。”

“这个嘛。”克劳德开口，“我们刚到这儿的那个星期天，大伙都去了特维教堂。老赫彭斯托尔那天讲了快二十分钟。是这样的。施特格斯没注意，牧师自己也没注意，但是我和尤斯塔斯都发现，他走上布道台的时候，手提箱里掉了至少十几页稿子。他讲到缺东西那一段的时候犹豫了一下，不过还是继续念了，所以施特格斯就以为他的通常水平就是二十分钟或者不到。第二个星期天，我们去听了塔克和斯塔基，这两个人都讲了三十五分多钟。施特格斯就是这么安排的让步规则。伯弟，你一定得加入。瞧，问题就是我一个子儿没有，尤斯塔斯一个子儿没有，炳哥·利透一个子儿没有，所以你就是‘辛迪加’的资金来源。别灰心！不过就是替咱们大伙赚钱了。行了，我们得回去了。再好好想想，待会儿给我打电话。而且伯弟，要是你叫咱们失望，就愿堂弟的诅咒——走吧，克劳德，好兄弟。”

我琢磨着计划，越想越觉着有门儿。

“你觉着呢，吉夫斯？”我问。

吉夫斯笑而不语，翩然而去。

“吉夫斯没一点冒险精神。”炳哥说。

“那，我有。我入伙。克劳德说得对，这就跟在路边捡钱似的。”

“好家伙！”炳哥赞道，“现在我可看到曙光啦。这么算吧，我在赫彭斯托尔身上押十镑，赢了；有了这笔小小的收入，下下星期去盖特威克[1]赶下午两点那场，押‘粉球’；又赢了，这

1 Gatwick赛马场，位于苏塞克斯郡，于“二战”时关闭，现为盖特威克机场所在地。

堆票子呢，就去刘易斯[1]赶一点半那场，都押‘麝鼠’，这样我就有不小的一笔进账，九月十号好去亚历山德拉公园[2]。我在驯马场有内部消息。”

听着有点像斯迈尔斯的《成事在己》[3]。

“然后呢，”炳哥说，“我就有底气去找我叔叔，在他的老巢跟他公然对峙什么的。你知道，他是个大势利眼，要是他听说我马上要娶伯爵家的千金——”

“我说，老兄。”我忍不住插嘴，“你这想得也太远了吧？”

“哦，没事。虽然现在还没定下来，不过前两天她等于亲口跟我说她看好我。”

“什么？”

“唉，她说她理想的类型是自强自立、充满男子气概、英俊潇洒、魅力不凡、志向远大、积极果断。”

“饶了我吧，兄弟。”我说，“我想静静地享用煎蛋。”

我一起床就直奔电话，把尤斯塔斯从早课上拉出来，指示他以目前的赔率押特维飞毛腿，“辛迪加”每人十镑。午饭后，尤斯塔斯打来电话，说任务已经完成，赔率降到赢七赔一，因为据知情人士透露，牧师花粉过敏，还大清早地跑到牧师宅子后面的围场散步，叫人捏一把冷汗。不过第二天我发现自己交了好运，感叹押得正是时候，因为星期天上午，老赫彭斯托尔如脱缰的野

1 Lewes赛马场，同样位于苏塞克斯郡，现已关闭。

2 Alexandra Park赛马场，位于伦敦，已于1970年关闭。

3 塞缪尔·斯迈尔斯（Samuel Smiles，1812—1904），苏格兰作家、改革家。其代表作《成事在己》（*Self-Help*, 1859）提倡节俭，并认为贫穷源自自身恶习。

马，直讲了三十六分钟的“某些大众迷信”。我挨着施特格斯坐，看到他的脸明显白了。这家伙贼眉鼠眼，一看就知道靠不住。他一走出教堂就正式宣布，现在押牧师的只接受十五赔八的赔率，此外还恶狠狠地加了一句，说要是他能做主，一定把这种买进卖出的行为提请赛马总会注意，然后又感叹说自己也无能为力啊。这个杀人的赔率立刻叫赌客们望而却步，基本不见谁掏钱，所以行情一直没什么变化。星期二吃过午饭后，我正在公馆门口吸着烟踱来踱去，这时克劳德和尤斯塔斯蹬着自行车从车道冲了上来，明显有惊天的情报。

“伯弟。”克劳德激动得一塌糊涂，“咱们必须立刻采取行动，马上开动脑筋，不然麻烦可大了。”

“怎么回事？”

“是海沃德的事。”尤斯塔斯沉着脸，“下宾利的选手。”

“我们根本都没把他当回事。”克劳德说，“也不知怎么着，反正把他给漏下了。老是这样。施特格斯把他漏下了，咱们全都把他给漏下了。这完完全全是碰巧，今天上午，我和尤斯塔斯骑车经过下宾利，碰巧教堂正在办婚礼，我们俩突然灵光一闪，想着不如趁机探探海沃德的底，免得杀出个黑马。”

“幸好我们去了。”尤斯塔斯说，“用克劳德的秒表一算，他讲了足有二十六分钟，而且这还只是主持村里的婚礼！他要真放开了讲可怎么了得！”

“伯弟，咱们只有一个办法。”克劳德说，“你得再拨点款子押在海沃德身上，好保住咱们大伙。”

“可是——”

“这是唯一的出路了。”

“可我说，你知道，咱们押在赫彭斯托尔身上的钱就这么打了水漂，我不忍心啊。”

“那你还有别的办法吗？你以为他按目前的让步差距能胜过这个奇人？”

“有了！”我说。

“什么？”

“我想有个办法能保证咱们的候选人胜出。我今天下午登门拜访，请他做个顺水人情，星期日布道讲那篇‘手足之爱’。”

克劳德和尤斯塔斯面面相觑，好像诗里说的，带着狂热的臆猜[1]。

“是个计谋。”克劳德说。

“简直足智多谋啊。”尤斯塔斯说，“真没想到你还有两下子，伯弟。”

“即便如此，”克劳德说，“那篇讲道纵然厉害，但加上这四分钟的让步劣势，他有把握吗？”

“放心！”我说，“之前我说四十五分钟，大概是低估了。更正一下，据我的回忆，将近五十分钟。”

“那放手去吧。”克劳德说。

当天晚上，我晃荡过去把事情搞定。老赫彭斯托尔十分谦虚，听说我这么多年后还记得那篇讲道，显得很高兴也很感动，还说他偶尔也想要再讲一次，但三思之后，觉得对于质朴的乡下会众不免冗长。

“如今时代人心浮躁，亲爱的伍斯特。”他说，“我只怕教

1 济慈《初读恰普曼译荷马史诗》（*On First Looking into Chapman's Homer*），屠岸译。

民都孜孜以求讲道以简短为上，即便是久居田园的礼拜者也不例外，大都市的居民每日奔波劳碌，神短气浮，本以为他们的乡下兄弟并未受到这种精神的浸染。对于这个问题，我和小侄贝茨争论过数次，他现在在山边甘德尔给我的老朋友斯佩提格当助理牧师。在他看来，如今讲道应该简练明快、直截了当，不应超过十分钟，最多十二分钟。”

“冗长？”我说，“老天！你不会是说那篇‘手足之爱’冗长吧？”

“整篇下来足足五十分钟。”

“怎么可能？”

“亲爱的伍斯特，你的惊讶让我受宠若惊，当然，我担当不起。无论如何，情况如我所说。你确定不必适当地做些删减？你认为没有必要删繁就简、去冗存真？比如说，或许我应该删掉对早期亚述人家庭生活那一段不厌其详的补论？”

“一个字也别动，不然就全乱了。”我情真意切地说。

“听你这样说，我由衷地欣慰，那么下星期日我就讲这一篇。”

我以前一直相信，以后也会继续相信，预先下注这东西是个错误、失策、骗傻瓜的玩意儿。什么情况都可能发生。要是大伙坚持从前的起跑投注[1]，那就不会有这么多年轻人失足了。星期六上午，我刚吃完早餐不久，吉夫斯走进来说，尤斯塔斯打来了电话。

1 预先投注（A.P.）指公布赛马前下注，以投注时庄家估计的赔率为准；起跑投注（SP）指在公布赛马后下注。预先投注有赔率的优势，但起跑投注中，可避免某匹赛马因故未能参赛造成的损失。

"老天，吉夫斯，你看是什么事？"

不得不承认，我这会儿有点风吹草动就坐不住。

"尤斯塔斯先生并未向我透露详情，少爷。"

"他是不是慌了神？"

"听声音，的确有些失魂落魄。"

"你猜我怎么想，吉夫斯？一定是大热门出了岔子。"

"大热门是哪一位，少爷？"

"赫彭斯托尔先生，是亏额赔率。他定好要讲'手足之爱'那篇，这么一来保准稳稳领先。他不是出了什么事了吧？"

"少爷不如找尤斯塔斯先生一问便知。他还没有挂线。"

"老天，可不是！"

我抓过晨衣往身上一裹，像一阵狂风吹过，冲下楼梯[1]。一听到尤斯塔斯的声音我就知道，我们栽了。那声音充满濒死的痛苦。

"伯弟？"

"是我。"

"你真能磨蹭。伯弟，咱们沦陷了。大热门吹了。"

"不！"

"是的。昨天在圈里咳嗽了一整夜。"

"什么！"

"可不！花粉热！"

"呀，我的神仙姑姑！"

"这会儿请医生来了，他正式退出只是时间问题了。这就意味着讲道将由他的助理牧师主持，这个人完全不中用，投注定在

1 仿《旧约·使徒行传》第2章：忽然从天上有响声下来，好像一阵大风吹过，充满了他们所坐的屋子。

100赔6，但是没人敢押。”

我内心激烈挣扎，说不出话来。

“尤斯塔斯？”

“在？”

“海沃德什么行情？”

“现在涨到四赔一啦。我看是有人走漏了风声，施特格斯好像知道了什么。投注昨天一夜之间大幅上升。”

“那，四赔一能保住咱们。‘辛迪加’每人再押五镑在海沃德身上。这么一来总不会亏到。”

“如果他能赢。”

“什么意思？你不是说他稳赢吗，除了赫彭斯托尔以外？”

“我现在怀疑，”尤斯塔斯闷闷地说，“这世界上根本没什么所谓稳赢的。听说昨天约瑟夫·塔克牧师在巴杰威克的妇女集会上小试身手艳惊四座呢。算了，眼前似乎只有这个机会了。再会吧。”

我不是指定的干事，所以第二天上午随便去哪个教堂都行。我自然没得犹豫。美中不足的是，下宾利位于十英里以外，也就是说我得起个大早，我从马夫那儿借了一辆自行车就起程了。海沃德耐力足，可这话也只是尤斯塔斯说的，在双胞胎参加的那场婚礼上，他可能是超水平发挥。不过，等他走上讲道坛，我满腹的疑虑就全都烟消云散了。尤斯塔斯说得不错，这位老兄果然经得起考验。海沃德又高又瘦，花白的胡子，开赛时表现得游刃有余，每说完一句话都要停下来清清嗓子，没出五分钟我就意识到，此人注定是冠军。他总是时不时地突然住口，环顾教堂四周，这对我们就是宝贵的时间啊。到了冲刺阶段，他掉了夹鼻眼镜，于是一阵摸索，这对我们又是不小的优势。二十分钟了，他势头不减。待他终于铆足了劲穿过终点线，时间显示35分14秒。再加上他的让步条件，我看他这次胜得轻而易举。我抱着一腔对全人类的仁心善意，跳上自行车，返回公馆吃午餐。

我到的时候，炳哥正在打电话。

“好啊！妙啊！太棒了！”只听他说，“呃？哦，咱们不用惦记他。那好，我会转告伯弟。”他放下听筒，这才看到我。“哦，嗨，伯弟，我刚刚和尤斯塔斯通话。放心吧，老兄。下宾利刚刚传来捷报，海沃德轻松获胜。”

“我知道，我刚从那边过来。”

“哦，你去了？我去了巴杰威克。塔克表现得不俗，但让步条件大大不利呀。斯塔基咽炎犯了，什么名次都没有。水边费勒的罗伯茨排第三。海沃德万岁！”炳哥动情地说。我们一起漫步到凉亭里。

“结果全部到了？”我问。

“只有山边甘德尔的还没到。不过贝茨无须担心，根本没希望。对了，可怜的吉夫斯，他输了十镑。这个笨蛋！”

“吉夫斯？什么意思？”

“今天上午你走了以后，他来找我，请我替他押十镑在贝茨身上。我当时就说他是犯傻，还求他别这么烧钱，但他很坚持。”

“打扰了，少爷。有一封给少爷的字条，是今天上午少爷离开以后送来的。”吉夫斯突然在我身边显了形，也不知他从哪冒出来的。

“呃？什么？字条？”

“是赫彭斯托尔牧师先生的管家从牧师宅送过来的，可惜错过了少爷。”

炳哥正对吉夫斯大发议论，像父亲教训儿子似的，讲如何不该逆着赛马成绩册乱下注。

我一声惊呼，他一句没说完差点咬了舌头。

“瞎嚷嚷什么？”他不大高兴。

“咱们完了！听这个！”

我大声念字条给他：

格洛斯特特维

牧师宅

亲爱的伍斯特：

你或许已经有所听闻，由于某些不受控制的因素，我将无法宣讲“手足之爱”，但是，你的请求令我受宠若惊，我不忍令你失望，因此，若你今天上午去山边甘德尔参加礼拜，尽可以听小侄贝茨宣讲这一篇布道。他恳请我把手稿借给他，私下里告诉你吧，这其中另有玄机。小侄正在申请某所著名公学的校长之职，目前的人选已经定在他和另一位对手之间。

昨天深夜时分，詹姆斯秘密得知，该所学校的理事会主席计划星期天前来观察他主持礼拜，以便衡量他讲道的能力，这将影响董事会最终的决定。经他再三请求，我最终答应把“手足之爱”这一篇讲道稿借给他。和你一样，小侄对此同样记忆犹新。他本来准备了一篇简短的布道词——我认为此举有欠妥当——讲给乡下的会众，一时又来不及重写一份长度适中的稿子。我希望能帮这个孩子一把。你说我那篇讲道给你留下了美好的回忆，相信听到他的讲道你会重拾这份回忆。

你忠诚的

赫彭斯托尔

又及：由于花粉热的影响，我暂时眼力不济，因此这封信由我的管家布鲁克菲尔德代笔，并由他交给你。

我读完这封乐观风趣的使徒书，屋子里静得要爆炸，这种经历在我人生里可是头一次。炳哥倒吸了一两口冷气，人类已知的各种表情在他脸上交替出现。吉夫斯一声温柔的轻咳，好像绵羊嗓子里卡了一叶草，然后怡然自得地看风景。最后炳哥终于开口了。

“老天！”他哑着嗓子低低地说，“这是起跑投注行为！”

“我想行内用语的确如此，先生。”吉夫斯说。

“你有内部消息，该死！”炳哥说。

“这，是的，先生。”吉夫斯说，“布鲁克菲尔德送字条来的时候，的确提及了所载内容。我们是老朋友了。”

炳哥展示了忧伤、痛苦、愤怒、失望、记恨等等感情。

“哼，我只有一句话。”他提高嗓门，“太不光明磊落了！拿别人的讲道词！这能算诚实吗？这能叫公平竞赛吗？”

“这，亲爱的老伙计。”我说，“说良心话，这也没坏了规矩，牧师讲道词一向这样借来借去的。总不能期望他们每篇稿子都是自己写的呀。”

吉夫斯又一声轻咳，和我四目相对，一脸云淡风轻。

“而且，恕我斗胆说一句话，就目前一例来说，我想我们应该予以体谅。毕竟，得到校长一职对这对年轻的恋人来说意义重大。”

“年轻的恋人？哪来的年轻的恋人？”

“是詹姆斯·贝茨牧师和辛西娅小姐，少爷。听小姐的女仆说，他们两个人几个星期前已经订婚，并将不日完婚——只等时机成熟。公爵阁下表示，首先贝茨先生需要有一份体面且收入可观的职业，自己才会首肯。”

炳哥的脸泛出微微的青绿色。

“不日完婚！”

“是，先生。”

一时间我们都没有话说。

“我要去散散步。”炳哥说。

“可亲爱的老朋友。”我说，“马上要吃午饭了，锣声随时就要敲响了。”

“我才不想吃什么午饭！”炳哥说。

# 14

# 赢要赢得光彩

打那以后，特维的生活又恢复了波澜不惊的节奏。像特维这类地方呢，一般没什么消遣，也没什么大盼头。的确，我唯一能想到的大事件就是村子里每年一度的校运动会。于是乎，我每天过得优哉游哉，在庭院里散散步啦、打打网球啦，还有就是尽一切人事想办法躲着炳哥。

要是想快快乐乐地过日子，这最后一件事断断不能少。这个苦命鬼因为辛西娅的事大受打击，老是拦住你的去路，倾吐满腹衷肠。更有甚者，这天早上他居然趁我不紧不慢地吃早餐的当儿闯了进来。这下我决定先发制人。晚饭后听他叽叽歪歪呢，我总是无所谓的，甚至午饭后我也就忍了，但是早饭却绝对不行。虽然伍斯特是和蔼可亲的代名词，但咱们也是有底线的。

“听着，老朋友。”我说，“我知道你心碎神伤什么的，日后有机会我也很乐意听你细细道来，不过——”

“我不是来谈这个的。”

“不是？好样的！”

“从前种种，”炳哥说，“都如昨日死。咱们以后再也别提了。”

“好嘞！”

“我灵魂深处伤痕累累，但一个字也不要说。”

“不说。”

“视而不见，置若罔闻。”

“一定的！”

这些日子以来第一次见他这么理智。

“今天早上来找你，伯弟。”他一边说，一边从口袋里摸出一张纸，“是要问问你，要不要再碰碰手气。”

要说咱们伍斯特最不缺什么，那就是体育精神啦。我把没吃完的香肠一口塞进嘴里，直起身子竖起耳朵。

“继续。”我说，“你勾起了我的好奇心，老兄。”

炳哥把那张纸往床上一放。

“下星期一——”他说，“不知你知不知道，村里要举办一年一度的校运动会。为此威克哈默斯利勋爵会借出公馆的庭院。届时会有各种游戏、魔术表演、掷椰子，帐篷里还备有茶点。再有就是比赛啦。”

“知道，辛西娅都跟我说了。”

炳哥脸上一阵抽搐。

“你别提那个名字成吗？我又不是石头做的。”

“对不住！”

“嗯，刚才说到，狂欢节定在下星期一。问题就是，咱们上不上？”

“什么叫‘上不上’？”

“我是指比赛。施特格斯组织讲道让步赛小赚了一笔，所以决定就这些比赛再搞一次。赌客可以按各自的喜好选择预先下注还是起跑投注。我觉着咱们应该琢磨琢磨。”炳哥说。

我按响铃。

“我得咨询一下吉夫斯。没有他的建议，我什么冒险活动都不碰。吉夫斯，”他翩然而至，“帮把手。”

“少爷？”

“原地待命，我们要听听你的意见。”

“遵命，少爷。”

“从头道来吧，炳哥。”

炳哥开始从头道来。

“怎么样，吉夫斯？”我问，“咱们要不要下手？”

吉夫斯沉思了一阵。

“我倾向于支持这个想法，少爷。”

足矣。“好。”我说，“那咱们就成立辛迪加，一举灭了庄家。我出钱，你出计，炳哥——你出什么，炳哥？”

“先把我捎着，钱我过后再算。”炳哥说，“我想我有办法帮咱们在‘母亲组套麻袋赛跑’中捞一笔。”

“那好。你就是‘内线’啦。都有哪些项目？”

炳哥拿起那张纸开始研究。

“第一场好像是14岁以下少女组五十码短跑。”

“有什么想法吗，吉夫斯？”

“没有，少爷，我对此一无所知。”

“接着呢？”

“男女混合动物土豆赛跑，全部年龄组。”

听着新鲜。以前各种大型比赛中都没听过啊。

“是什么？”

“挺有新意的。”炳哥说，“参赛者两人一组，每组分配一种动物的叫声和一只土豆。举个例子吧，就说你和吉夫斯一组。吉夫斯站在某个固定地点拿着土豆。你蒙着眼睛学猫叫，同时吉夫斯也学猫叫，你就顺着声音往吉夫斯那边跑。其他的参赛者就学牛叫猪叫狗叫什么的，各自找他们拿土豆的伙伴，对方也要学牛叫猪叫狗叫什么的——”

我赶紧打断这可怜虫。

“要是喜欢动物那还挺好玩的。”我说，“但总体来说——”

“所言极是，少爷。”吉夫斯说，“还是不碰为妙。”

“太没谱了，啊？”

“正是，少爷，表现难以预测。”

“那继续，炳哥。然后是什么？”

“母亲组套麻袋赛跑。”

“啊，这还差不多。你刚才说有情报。”

“烟草店老板娘佩恩沃西太太是个中好手。”炳哥信心满满地说，“昨天我到她家店里买烟，她说自己在伍斯特郡的游乐会上拿过三次冠军。她不久前刚搬来，所以谁也不知道。她答应我保持低调，我觉着咱们能下个好价钱。”

“那就押十镑，赌她前三吧，吉夫斯？”

“我赞成，少爷。”

“少女组勺子运鸡蛋自由赛。”炳哥接着念。

“这个怎么样？”

“我想未必值得投资，少爷。”吉夫斯说，“都说去年的冠军萨拉·米尔斯稳赢，她定然是大热门。”

“很厉害，是吗？”

“村里人说她舀蛋的手法十分精彩，少爷。”

“那还有一个障碍赛。”炳哥说，“我看挺悬，好比押中全国越野障碍赛马似的。父亲组剪帽子竞赛——又是个投机项目。然后就剩一个唱诗班一百码让步赛，奖品是白镴杯，由牧师颁发，参赛条件，主显节第二个星期日前没变声的男孩均可。去年威利·钱伯斯轻松获胜，让了15码。不过估计按今年的让步条件他就没戏了。我不知道还能推荐谁。”

“我似乎有一个建议，少爷。”

我饶有兴趣地望着吉夫斯。他差一点就称得上小激动，这种情形我以前可从来没见过。

“你有什么秘密消息？”

“的确，少爷。”

“王牌？”

“少爷形容得恰到好处。我可以自信断言，唱诗班让步赛的冠军或许就和咱们住在同一屋檐下。哈罗德，公馆的小听差。”

“小听差？你是说那个跑来跑去打杂的小胖子？嘿，该死，吉夫斯，说到看人呢，我比谁都佩服你的本事，不过哈罗德要是能讨得裁判的青睐，那我可见鬼了。就他那个皮球身材，再说我每次看见他，他总是倚在那儿打瞌睡。”

“他有30码的让步优势，可能会胜过零让步的选手。这孩子健步如飞。”

“你怎么知道？”

吉夫斯一声轻咳，浮现出恍然若梦的神情。

“少爷，最初意识到他有这份本领时，我同样大吃一惊。事情是这样的，那天上午，我想捉住他教训一记耳光——”

“老天，吉夫斯！你吗？”

“是，少爷。这孩子口无遮拦，谈论我的外表时出言不逊。”

“他说你外表什么了？”

“我已经记不得了，少爷。”吉夫斯口气有点冷傲，“总之出言不逊。我打算叫他认错，但他把我甩出数码，溜之大吉。”

“可我说，吉夫斯，这太不可思议了。还有，他要真是个飞毛腿，村里人怎么会都不知道？他肯定和那些男孩子一起玩儿吧？”

“不，少爷。哈罗德是勋爵阁下的听差，因此并不同村里的同龄人往来。”

“小势利眼，啊？”

“他对‘阶级有别’的观念的确有清晰的认识，少爷。”

“你确定他是个神童？”炳哥说，“我是说，要是不确定，最好别轻易下水。”

“如果少爷希望亲自检验一下他的体能，我可以安排一场秘密预赛，相当简单。”

“我得说证实过后我会放心不少。”我说。

“那么若少爷允许，我就从梳妆台上拿一先令——”

“做什么？”

“我打算收买他，少爷，叫他去挑衅第二男仆的斜视问题。查尔斯对此较为敏感，想来会逼得哈罗德奋力逃跑。请少爷半小时后静候在一层走廊窗户，注意后门的方向——”

我穿衣服好像第一次这么匆忙。一般来说，我更衣可谓是慢条斯理精打细算。我喜欢把领带打得恰到好处，裤子穿得服服帖帖。但是这天早上我激动得没了心思，于是胡乱套上衣服，和炳哥赶到窗户边，比预定的时间早了一刻钟。

从走廊窗户向外望去，是一处挺宽敞的院落，延伸到约20码开外，连着一面高墙。高墙中间开着拱门，另一侧是弧形的车道，约莫有30码，尽头是一片茂密的灌木丛，再往后就看不见了。我假设自己是那个小子，想象被第二男仆追着该如何规划逃跑路线。只有一个办法——直奔灌木丛，钻进去藏身。这就是说，至少得跑出50码——这是个绝佳的试练机会。要是哈罗德能一路领先第二男仆，安全抵达灌木林，那全英国上下就找不出哪个唱诗班男童敢在一百码赛跑中让他30码。我等啊等，心里七上八下的，感觉足足等了几个钟头，这时外面突然传来一阵骚动，只见一个圆滚滚的蓝色身影嗖地窜出后门，像匹野马似的朝着拱门飞奔而去。大约两秒钟后第二男仆才现身，正奋起直追。

绝了，没得比了。别的选手根本轮不上。那男仆还没跑完一半的距离，哈罗德已然钻进了灌木丛，正往外扔石子。我转身回房，兴奋得骨头都痒了。在楼梯上碰见吉夫斯的时候，我激动得差点一把握住他的手。

“吉夫斯。”我说，“没说的！伍斯特的票子都押这孩子！”

“遵命，少爷。”吉夫斯回答。

乡间的赛事有一个最大的缺点，就是发现了宝贝之后下手动作不能太大，不然就要打草惊蛇，惹得庄家起疑心。施特格斯这个人，别看他满脸粉刺，可不是等闲傻子，这我已经有所展示。要是我押得太多，这家伙准保能猜个八九不离十。不过，我总算代“辛迪加”押了个好价钱，但他也的确动起了念头。我听说接下来的几天他在村子里到处打探哈罗德的事，所幸没人知道任何消息，最后呢，我估计他觉得，我准是靠着那30码的让步优势才放手一搏。民意普遍在吉米·古德和亚历山大·巴特利特两者间犹豫不决，前者让10码，赢7赔2，后者让6码，赢11赔4。零让步的威利·钱伯斯目前的行情是赢2赔1，但无人响应。

事关重大，我们丝毫不敢掉以轻心。刚以赢100赔12的好赔率下了注，我们就着手对哈罗德展开了严格训练。这活儿真累死人，至此我也终于明白，何以大多数的名教练都神色严峻沉默寡言，一副忍辱负重的样子。这孩子一刻也少不得人看着。跟他灌输名声荣誉什么的概念啦，叫他想象妈妈接到他的来信说自己赢了个真正的奖杯什么的，全是白费力气，哈罗德这臭小子一发现训练意味着戒甜食、做运动、不抽烟，就死也不肯配合，最终大伙只有时刻保持警惕，这才勉强叫他维持在现状。最大的障碍是节食。至于运动，我们差不多每天早上都会安排一段剧烈冲刺，当然是借着第二男仆的帮忙。钱是省不下的，但这也没办法。总而言之，这孩子要么趁着管家一不留神就往厨房跑，要么就是溜进吸烟室顺一把上等土耳其香烟，训练起来真叫人叫苦不迭。我们只能期望他到时候能凭着天生的好体魄过关斩将马到成功。

这天晚上炳哥从球场回来，说发生了一件事，叫人听了颇为忧心。他现在每天下午都带哈罗德去当球童，当作中等程度的锻炼。他一开始还把这事当成笑话，可怜的笨蛋！他一开口简直乐得冒泡。

“我说，今天下午可有意思了，”他说，“可惜你没看到施特格斯那副德行。”

“施特格斯什么德行？他怎么了？”

“他瞧见哈罗德的脚法那会儿。”

我不由得心头一紧，预感大难将至。

“老天！你不是叫哈罗德在施特格斯面前展示脚法了吧？”

炳哥惊愕地拉长了下巴。

“我可没想到这一层。”炳哥懊丧地说，“但也不是我的错呀。我和施特格斯打了一局，然后就去俱乐部会所喝了一杯，叫哈罗德独自拿着球杆在外面等着。五分钟后我们出来的时候，那小子正在石子路上拿着石块对着施特格斯的司机练侧飞球呢。他一看见我们，立刻把球杆一扔，一溜烟奔向天际。施特格斯那叫一个目瞪口呆，就连我也大开眼界。这小子绝对尽了全力。当然啦，这事是有点闹心，不过，我这会儿想。”炳哥精神一振，“也没什么大不了的。咱们注下得好，就算大家知道这孩子有实力，咱们也亏不着。他也就是胜算高了，但也不影响咱们。”

我和吉夫斯你看我我看你。

“他要是没了胜算，自然会影响咱们。”

“所言极是，少爷。”

“什么意思？”炳哥问。

“依我看，”我说，“施特格斯会在比赛前对他下毒手。”

“老天！我压根没想过这茬！”炳哥脸色煞白，“你觉着他真会下手？”

“我觉着他会抓住一切机会。施特格斯不是省油的灯。从现在开始，吉夫斯，咱们得擦亮眼睛，盯住哈罗德。”

“一定，少爷。”

“时刻保持警惕，啊？”

“正是，少爷。”

“你八成不愿意和他睡一间屋子吧，吉夫斯？”

“是，少爷，恕我不能欣然从命。”

“嗯，换我也不乐意。可该死，”我说，“咱们怎么先乱了阵脚？慌了神了，这可不行。而且，就算施特格斯有这个打算，他哪有机会接近哈罗德？”

炳哥却无论如何不肯乐观起来。他这个人，喜欢抱着病态的想法，有半点机会都不放过。

“对大热门下毒手，办法可多着呢。”他一副病得要死的声调，“不信你去读赛马小说。在《功败垂成》里，贾斯珀·莫莱弗勒勋爵收买了马房领班，趁德比马赛[1]的前一晚往‘俏贝琪’的马鞍里塞了一条眼镜蛇，害它差点不能上场！”

“哈罗德被眼镜蛇咬的概率有多大，吉夫斯？”

“我认为十分渺茫，少爷。况且即便出现这种情况，以我对这孩子的了解，我想咱们担心的对象倒是那条蛇。”

“反正呢，时刻保持警惕，吉夫斯。”

“自不必说，少爷。”

坦白说，接下来那几天，炳哥实在叫我有点忍无可忍。手头掌握着一个种子选手，谨慎照料是理所应当，但我觉得炳哥做过

1 Derby，位于伦敦东南埃普瑟姆丘陵（Epsom Downs）马场。

了头。这家伙满脑子赛马小说的情节，据我有限的了解，这种故事里头，赛马主角开赛前至少要历经十几回毒手。炳哥像块膏药似的天天黏着哈罗德，一刻也不肯让对方离开自己的视线。当然啦，我理解这事对他有多重要。赢够了钱，他就能辞了家教的工作杀回伦敦。但话虽如此，他也没有理由连着两次凌晨三点把我吵醒——第一次说我们应该亲自准备哈罗德的饮食，免得被人下药；第二次说他听到灌木丛里有奇怪的动静。后来他还坚持叫我去监督星期日的晚间礼拜，因为第二天就比赛了。这下，我的忍耐终于到了极限。

“干吗？”我对晚祷一向不大热衷。

“唉，因为我自己去不了，我那天不在。我今天要带埃格伯特去伦敦。”埃格伯特就是勋爵家的公子，炳哥的学生，“他要去肯特，我得送他到查令十字车站。我都闹心死了。星期一下午才回来，估计大半场都赶不上。所以，一切就靠你了，伯弟。”

“那，咱们也不用非派个人去晚间礼拜呀。”

“笨蛋！哈罗德不是唱诗班的吗？”

“那又怎么样？你要是怕他飙高音扭断了脖子，我去也帮不上忙。”

“傻瓜！施特格斯也是唱诗班的，礼拜之后他恐怕要捣鬼。”

“胡说八道！”

“真的吗？”炳哥说，“那，不妨告诉你，在《巾帼骑手詹妮》里，大反派趁比赛前一天晚上绑架了大热门的骑师，而只有他才驾驭得了那匹马。要不是女主角女扮男装，穿上骑师服，又——”

“唉，行啦行啦。不过，要是真的有危险，那依我看，最简单的办法就是哈罗德星期日晚上不去，不就得了？”

“他必须得去。你以为那个厌恶小子是品格的表率、人见人爱吗？他在村子里可是恶名远扬。因为逃唱诗班的次数太多，牧师警告他，只要再有一次不来，就开除他。要是他比赛前一天晚上被取消资格，那咱们这傻瓜可是当定了！”

既然如此，那我自然毫无选择，只得乖乖跟着去。

乡间教堂的晚间礼拜总是叫人昏昏欲睡心平气和，有点完美的一天即将结束之感。老赫彭斯托尔站在讲道坛上，语调不紧不慢，有点颤颤巍巍的，很有助于走神。大门敞开着，空气中混合着树木、金银花、霉菌和乡亲们礼拜正装的味道。目光所及处，农夫们撑着身子，姿势很放松，呼吸很深沉。一开始扭来扭去坐不住的孩子们这会儿都歪着倚着，像吃撑了昏睡过去了。夕阳西下，几缕余晖透过彩色玻璃窗照进来，鸟儿在枝头叽喳，村妇们的裙摆在寂静中簌簌作响。澄澈宁静。我想说的就是这个，我心中一片澄澈宁静。每个人心中都是一片澄澈宁静。正因为如此，爆炸发生那一刹那，简直如同末日。

我说爆炸，是因为我就是这个感觉。就在前一刻，大家还都沉浸在如梦的沉寂中，空气中只有老赫彭斯托尔宣讲“爱邻如爱己”的声音。突然之间，不知哪儿爆发出一阵惊天动地的尖叫，从双眼之间直插进大脑，沿着脊梁骨一直蔓延到脚心那种。

“噫——！啊——噫！噫——”

那声音就像六百只猪同时被拧住了尾巴，不过发声的是哈罗德那孩子，他好像突然抽风了，只见他跳上跳下，拍打着自己的后背，每隔一秒钟就用力吸一口气，再接着尖叫。

怎么说呢？晚间礼拜布道的时候出了这等事，不可能没人指指点点。教众忽悠一下子从昏迷中醒来，一窝蜂地爬到椅子上想看着究竟。赫彭斯托尔一句话没说完，也转过身来。有两个异常冷静的教堂司铎从走廊里跳出来，矫捷如猎豹，抓住了尖叫不止的哈罗德，把他押进了法衣室，就看不见了。我一把抓起帽子，绕到后门，心知大事不妙。我猜不出究竟是怎么一回事，但心里隐隐觉得，这背后恐怕就是施特格斯那个小人动的手脚。

我赶到时门反锁着，等我终于叫人给我开了门的时候，这出戏似乎已经步入尾声。赫彭斯托尔身边围了一圈唱诗班男童、司铎、司仪什么的，听他疾言厉色地教训倒霉鬼哈罗德。这场即兴演说必然相当带劲，可惜我只听到了个结尾。

“不知羞耻的孩子！你竟然胆敢——”

“人家是敏感性皮肤嘛！”

“现在没空听你说什么皮肤——”

“有人往我脖子后面塞了一只甲虫！”

“胡说！”

“我感到有虫子在爬——”

“荒唐！”

“很不可信，是吧？”我身边有个声音说。

是施特格斯，可恶。他套着一袭雪白的袈裟还是法衣，不管叫什么吧，一副忧心忡忡的表情。这个卑鄙小人厚颜无耻幸灾乐祸，还敢跟我四目相对，眼皮都不眨一下。

“往他脖子后放甲虫的人是不是你？”我喊道。

“我？”施特格斯说，“我！”

赫彭斯托尔蒙上了黑纱。

“你说的话我一个字也不信，不知羞耻的孩子！我警告过你，这次不会再原谅你了。从现在起，你不再是我唱诗班的一员。走吧，不可救药的孩子！”

施特格斯拽了拽我的袖子。

“这么一来，”他说，“你下的注，知道吧——怕是打了水漂啦，亲爱的朋友。真可惜，你没选起跑投注。我一直觉得只有起跑投注才安全。”

我瞟了他一眼，当然，眼色不善。

“还好意思说赢要赢得光彩！”我撂下一句话，故意话中带刺。天啊！

吉夫斯听到这条消息表现得很镇定，不过我觉得他表面上虽然平静，心里也有点慌。

“施特格斯先生足智多谋，少爷。”

“你的意思是他卑鄙无耻吧。”

“或许少爷形容得更为贴切。不过，赛场上风云莫测，心中不服也无济于事。”

“我要是像你这么乐观就好了，吉夫斯！”

吉夫斯微微一颔首。

“如此一来，我们似乎只能指望佩恩沃西太太了。若她能不愧于利透先生的溢美之词，在母亲组套麻袋赛跑中崭露头角，那么我们总算输赢相抵。”

“是，但咱们还以为能大赚一笔，这总是叫人好生失望。”

“少爷，入账的可能或许并非没有。利透先生出发之前，我请他代表‘辛迪加’押了一个小数目在少女组勺子运鸡蛋自由赛上。在此还要多谢少爷美意，让我加入了辛迪加。”

“押萨拉·米尔斯？”

“不，少爷，押了一位无人看好的选手，普鲁登斯·巴克斯特，也就是勋爵阁下园丁主管的女儿。园丁先生告诉我，他女儿手很稳当，每天下午都要从小屋里端一杯啤酒给他，而且从来也没有端洒过一滴。”

那，听上去小普鲁登斯平衡能力是不错，就是不知道速度如何。有萨拉·米尔斯这种老马参赛，这场比赛基本如同经典赛[1]，而在这类重大赛事中，一定得有速度才行。

“我懂得这是兵行险着，少爷，不过，我认为这不失为明智之举。”

“你是押她能取得名次，是吧？”

“是，少爷，前三名。”

“那，我看成吧。从我认识你，还从来没见你出错。”

“多谢少爷信任。”

坦白说，我要是想过一个轻松愉快的下午呢，基本原则就是离村校运动会越远越好。太难对付。但是由于此次非同小可，大家明白我的意思吧，我只有搁下成见走这一遭。结果不出所料，一切情况都叫人打怵。这天温暖宜人，公馆庭院里熙熙攘攘的都是些农户，都快化成了一锅粥。孩子们闹腾来闹腾去。其中有一

1 The British Classics，指五场高级别无障碍平地赛马。

个小丫头主动攥住我的手，再也不肯放松，任由我领着翻过人山人海，总算到了母亲组套麻袋赛跑的终点线。我们还没相互介绍过，不过她大概觉着谁做听众也无所谓，自顾自地讲自己如何在摸彩袋环节中了个布娃娃，并且大有不厌其详的派头。

“我要给她取名叫格特鲁德。”她说，“每天晚上给她脱衣裳，哄她睡觉，早上叫她起床，给她穿衣服，晚上哄她睡觉，第二天早上叫她起床给她穿衣服——”

“我说，乖丫头。”我说，“不是想催你什么的，不过你能不能提炼一下精华？我急着要看这场比赛的结果。伍斯特的命运可都系在这上头。”

“我一会儿也要比赛。”她暂时扔下了布娃娃的话题，开始屈尊俯就地跟咱们老百姓聊天。

“是吗？”我心不在焉，忙着从人堆里张望赛道，“什么比赛？”

“勺子运鸡蛋。”

“不是吧？你就是萨拉·米尔斯？”

“才没有！”这孩子一脸鄙视，“我是普鲁登斯·巴克斯特。”

如此一来，我们的关系自然起了变化。我饶有兴趣地打量她。这可是咱们押的宝啊。坦白说，她不像是飞毛腿，矮矮胖胖的。有点疏于锻炼吧。

“我说，”我说，“既然如此，你就不该顶着大太阳跑来跑去的，待会累着就不好了。你得养精蓄锐，老朋友。过来坐在树荫底下。”

“我不想坐下。”

“那，也别累着。”

这孩子扑到另一个话题上，像花蝴蝶在花间飞舞。

“我是好孩子。”她说。

“我相信。我还希望你是勺子运鸡蛋的好手。”

“哈罗德是坏孩子。哈罗德在教堂里尖叫，所以人家不让他来参加运动会。我很高兴。”这个女性之典范皱着鼻子，一派高风亮节，“因为他是坏孩子。他星期五还揪我的辫子。哈罗德不能来运动会！哈罗德不能来运动会！哈罗德不能来运动会！”她唱了起来，像喊口号似的。

“别哪壶不开提哪壶啦，亲爱的园丁之女。”我恳求道，“你是不知道，你这可说到了我的伤心事。”

“啊，伍斯特，年轻人！看来你和这位年轻的小姐交了朋友？”

是赫彭斯托尔。他满面春风，一望便知是聚会的灵魂人物。

“我很欣慰，亲爱的伍斯特。”他接着说，“看到你们年轻人全身心投入到我们这场小小的欢庆活动中。”

“啊，是吗？”

“啊，是的！就连鲁伯特·施特格斯也是。坦白说，今天下午我对鲁伯特·施特格斯大为改观。”

我可没有，但我没吱声。

“我一直以为鲁伯特·施特格斯这个年轻人——私下告诉你吧，自私自利，要他为同伴的利益做点贡献，他断然不肯。不过，刚才短短半个小时内，我两次看到他陪着佩恩沃西太太，也就是我们可敬的烟草商的妻子，去帐篷里用茶点。”

我立刻弃他而去。我甩开巴克斯特不肯放松的小手，奔向母亲组套麻袋赛跑的终点线。比赛马上要结束了。我有种可怕的预感，只怕这紧要关头又要有人捣鬼。我碰见的第一个人就是炳哥。我一把抓住他的胳膊问："谁赢了？"

"不知道，我没注意。"这老兄苦涩地说，"反正不是佩恩沃西太太，见鬼！伯弟，施特格斯那个小人是咱们身边数一数二的毒蛇。我也不知道他是怎么知道的，反正他得到了风声，晓得她是危险人物。你猜他耍了什么手段？他在比赛开始五分钟前，诱骗这可怜的妇人去吃茶点，叫她灌了一肚子蛋糕茶水，结果刚跑了20码她就不行了，一下子跌倒就起不来了！唉，不过谢天谢地咱们还有哈罗德！"

可怜的笨蛋！我瞪着他。"哈罗德！你还不知道？"

"听说？"炳哥脸色泛青，"听说什么？我什么也没听说呀。我这才回来五分钟，下了火车就赶来了。出什么事了？快告诉我！"

我报告了情况。他一时呆望着我，像见了鬼似的，然后微弱地呻吟了一声，踉踉跄跄地转身走进人群里不见了。这可怜虫吓得不轻，但他伤心也是在所难免，我不怪他。

这会儿大家开始清理赛场，为勺子运鸡蛋赛做准备。我想不如原地不动，观望冲刺好了。此时我已不抱太大的希望。小普鲁登斯固然口才惊人，但我怎么看她都不像冠军苗子。

我从人缝里向外张望，开场好像挺精彩。领头的是个红头发的小个子，排在第二的是个金发的小雀斑，后面萨拉·米尔斯紧追不舍。我们的候选人混在其他选手中间，乱哄哄地跑成一团，被前三名落得远远的。其实这会儿胜负已成定局。萨拉·米尔斯握勺子的手法浑然天成，自有一种优雅、一种娴熟。她速度不慢，但勺子里的蛋却纹丝不动，可谓是天生的鸡蛋神运手。

优劣很快见分晓。离终点线还有30码，红头发一跤跌倒，鸡蛋直飞了出去。金发小雀斑勇气可嘉，可惜跑了一半就没了后劲，萨拉·米尔斯一马当先，稳稳当当地领先好几个身长，实至名归。金发名列第二。一个穿着蓝方格衣裳吸鼻涕的小丫头击败了穿粉衣服的大圆脸，而吉夫斯的“兵行险着”——普鲁登斯·巴克斯特，不知是第五还是第六，我没看清。

我被人流推挤着，身不由己到了领奖台前。老赫彭斯托尔正准备颁奖。我发现身边站着的正是施特格斯。

“嗨，老伙计！”他一脸灿烂，“你今天手气不佳呀。”

我一语不发，冷眼看着他。当然，跟他怎么讲都是白费。

“大手笔的赌客运气都不怎么样。”他接着说，“倒霉的炳哥·利透，他在勺子运鸡蛋上可输惨了。”

我本来不想搭理他，但听到这话不禁吃了一惊。

“什么叫输惨了？”我问，“我们——他押的数目很小啊。”

“你的大小标准我是不清楚。他押了三十镑，赌普鲁登斯·巴克斯特进前三。”

我只觉天旋地转。

“什么？”

“三十镑，赢十赔一。我还以为他有什么内部消息，这么看来是没有。这场比赛和预测结果一样。”

我脑袋里一阵算计，刚要算出“辛迪加”输了多少，这时赫彭斯托尔的声音从远处传来，有点模模糊糊的。刚才颁前几个奖项的时候，他如慈父一般，乐呵呵的。这会儿他突然严肃起来，很痛苦的样子。他以悲天悯人的目光凝视着围观的人群。

“至于刚刚结束的少女组勺子运鸡蛋赛。”他说，“我不得不忍痛履行职责。鉴于情节严重，不能置之不理。毫不夸张地说，我对此痛心疾首。”

他停顿了五秒钟，叫大伙猜猜他痛心疾首的原因，然后才开口。

“各位知道，三年前，我不得已取消了每年运动会中‘父亲组四分之一英里赛跑’的项目，因为有人向我检举，村酒馆有人设下赌局，至少有一次，速度最快的选手竟然涉嫌在比赛中串通作假，情况异常可疑。坦白承认，我对人性的信念因为这件憾事产生了动摇。即便如此，我也仍然抱有信心，认为至少有一个项目总不会沾染到犯规以图谋利的恶劣风气。我指的就是少女组勺子运鸡蛋赛。唉，事实证明，我太过乐观了。”

他又停顿了一阵，激动得说不出话来。

“为免各位徒增烦扰，具体细节我不加赘述。简而言之，比赛开始前，村里的一位陌生人，也就是公馆某位客人的男仆——我点到为止，不会透露此人身份——主动接近了几位选手，给了每人五先令，条件是他们保证——咳，取得名次。事后他备感悔恨，于是前来向我坦白了自己的所作所为，可惜为时晚矣。大错已经酿成，他们必得自食恶果。此时此刻，不能轻言饶恕，我必须坚持原则。我宣布，萨拉·米尔斯、简·帕克、贝西·克莱、罗西·朱克斯四人，即跨过终点标杆的前四名选手，由于违反业余选手身份，取消参赛资格。因此，这个精美的针线包，就由威克哈默斯利勋爵亲手颁发给普鲁登斯·巴克斯特。普鲁登斯，上台领奖！”

# 15

# 大都会情调

从许多方面来看，炳哥·利透是个很可靠的大好青年，这一点我比谁都清楚。自打在学校相识以来，我的生活就时不时地因为他而变得丰富多彩。要想找个人一起共度欢乐时光，他是我的首选人物。但另一方面，不得不坦白承认，他有些特点还是有待改善的。比如说，他总是见两个爱一个，再比如说，他心里有了什么秘密一定要和全世界分享。如果你信奉沉默是金，那千万别找炳哥，因为他沉默起来足以和肥皂广告媲美。

我想说的是，这不，十一月的这天晚上，我收到了他一封电报。这时距我从特维公馆回城里来大概有一个月了。

> 我说伯弟老兄我终于恋爱了。她是世界上最动人的女郎，伯弟老兄。我终于找到真爱了伯弟。马上过来还要带着吉夫斯。唉，我说你知道邦德街那家烟草店吧，路头左手边那家。拜托你替我买一百支特制香烟给我捎来。我断炊了。我知道你一见到她就会承认她是世界上最动人的女郎。记得带着吉夫斯。别忘了买烟。炳哥

电报是从特维邮局发来的。换句话说，炳哥这篇疯言疯语经过了村邮局局长小姐的杏眼过目，而此人说不定就是当地花边新闻的发祥地，估计不到日头下山，这消息就要传得满天飞了。就算他请个公告员，也达不到这个宣传效果。记得我小时候常常读一些写骑士啊、维京海盗啊之类的故事，他们老是喜欢在大摆筵席的时候站出来，纵情歌唱他们的佳人是如何完美无瑕举世无双，脸也不红一下。我总觉得，炳哥要是出生在那个时代一定如鱼得水。

电报是吉夫斯送安眠酒的时候一起送进来的，我把电报甩给他看。

“当然，算起来也是时候了。”我说，“炳哥没有恋爱对象，至少也有两三个月之久了。不知道这次轮到哪家的小姐？”

“是玛丽·伯吉斯小姐，少爷。”吉夫斯回答，“赫彭斯托尔牧师先生的外甥女，她此刻住在特维牧师宅。”

“老天！”我知道吉夫斯几乎无所不知，但他总不至于有千里眼吧，“你怎么知道的？”

“夏天在特维公馆逗留期间，我和赫彭斯托尔先生的管家往来甚密。他十分体贴，时常将当地新闻一一告知于我。据他所言，这位小姐一表人才。据我了解，伯吉斯小姐性格有些严肃。利透先生为之颠倒，少爷。布鲁克菲尔德，也就是我的笔友，在信中说，上个星期，他看到利透先生夜深人静之时在月光下遥望着他的窗子。”

“谁的窗子？布鲁克菲尔德的？”

“是的，少爷。想来是利透先生误以为那是伯吉斯小姐的卧房。”

“他怎么又跑到特维去了？”

“利透先生不得已重操旧业，回到特维公馆担任威克哈默斯利勋爵少爷的辅导教师，少爷。起因是十月底他在赫斯特公园[1]投资不善。”

“老天，吉夫斯！还有你不知道的事吗？”

“我不知道，少爷。”

我拿起电报。

“估计他是希望咱们过去帮他一把？”

“他发出这条信息似乎正是此意。”

“那，咱们怎么办？去吗？”

“对这位小姐似乎人人赞不绝口。我想若能最终促成这段良缘，她对利透先生的生活将大有裨益。此外，料想利透先生也有望借助这桩美事改善其叔侄关系，因为伯吉斯小姐人脉极广，又有可观的收入。总之，少爷，我想若能助他一臂之力，我们应该尽力为之。”

“那，有你帮他出谋划策，”我说，“我看他没理由不成功。”

“承蒙少爷夸奖。”吉夫斯说，“感激不尽。”

第二天，炳哥开着车来特维车站接我们。他坚持叫我让吉夫斯带着行李开车先回去，他要和我走一走。才迈了一步，他开口就是那位佳人。

“她太美好了，伯弟，一点也不像那些轻浮浅薄的摩登女郎。她严肃得可爱，认真得动人。她让我想起——我想说谁来着？”

---

1 Hurst Park赛马场，位于英格兰东南部萨里郡。

“玛丽·劳埃德[1]？”

“圣则济利亚[2]。”炳哥一脸鄙夷地瞪了我一眼，“她让我想起圣则济利亚，因为她，我渴望变得更优秀、更高尚、更深沉、更广博。”

“我倒想不透了。”我想到令自己困惑已久的问题，“你的标准是什么？我是说你爱的这些姑娘。有个体系没有？照我看，她们完全没有共同点。先是那个服务员梅宝，再是霍诺里娅·格洛索普，然后是那个吓人的夏绿蒂·科黛·罗博瑟姆——”

我承认炳哥还是有点品格的，他闻言打了个寒战。一想到夏绿蒂，我也是要打战的。

“伯弟，你不是要拿我对玛丽·伯吉斯的感情和对别人的相提并论吧？这种圣洁的崇拜，灵魂的——”

“嘿，行了，省省吧，”我说，“我说老兄，咱们是不是绕远了？”

既然要去特维公馆，但老半天还没到，我觉着蹊跷。沿主路走的话，公馆离车站才不过两英里，但我们却抄小径，穿田野，爬了一两级石阶，这会儿拐进了一片旷野，尽头又是一条小径。

“她有时候会带弟弟往这边散步。”炳哥解释说，“我想咱们可以跟她不期而遇，点头打招呼，你一来也能见见她，然后咱们就回去了。”

“当然。”我说，“谁能不为之兴奋啊，尤其是穿着夹脚的皮鞋跋涉过三英里庄稼地，这太值了嘛。但咱们就不能做点别

1 Marie Lloyd（1870—1922），英国歌舞剧场歌手、喜剧演员，以表演俏皮话而著称，有“歌舞剧场女王”美誉。

2 Saint Cecilia，音乐及音乐家的保护圣徒，在罗马殉难。

的？干吗不跟上她一起溜达回去？”

“老天！”炳哥闻言大惊失色，“你难道以为我有这份胆量？我只敢远远地望她一眼什么的。快！她来了！不对，看错了！”

我想起哈里·劳德[1]有首歌，讲他在等某个姑娘，歌中唱道：“她来了——了——了。不对，是只兔纸（子）。”炳哥硬是叫我顶着五级东北风在风口站了十分钟，不断地发假警报，害得我一惊一乍。我正想建议他今日到此为止改日再开工，这时转角处跑来一只猎狐犬，炳哥立刻如秋风中的落叶般簌簌发抖。接着视线中走来一个小男孩，炳哥又像果冻似的一阵乱颤。最后，如同明星闪亮登场前必有全体配角烘托，一个姑娘现身了，炳哥的状态简直惨不忍睹。他一张脸涨得通红，衬着白衬衫领子，再加上被风吹得发蓝的鼻尖，活脱脱的法国国旗。他腰部以上软绵绵的，像剔了骨的鱼片。

他刚有气无力地把手举到帽檐，这时突然发现这姑娘并非独自一人，还有个牧师打扮的家伙相伴而行。一见到此人，炳哥的情况又恶化了。他脸色越发的红，鼻尖也越发的蓝，眼看要跟人家擦身而过了，他的手这才抓到帽檐。

那姑娘微微颔首，那助理牧师说：“啊，利透。天气真差。”那狗汪汪叫了两声，然后一行人加一只狗就走了，娱乐表演至此结束。

助理牧师是个新情况。我到了公馆，向吉夫斯报告其动态。当然了，吉夫斯早就了然于胸。

---

1 Harry Lauder（1870—1950），苏格兰人，歌舞、杂耍剧场歌手、喜剧演员。文中所指歌曲不详。

“是温纳姆牧师先生，赫彭斯托尔先生新来的助理牧师，少爷。听布鲁克菲尔德说，他是利透先生的竞争对手，目前来看，他是伯吉斯小姐青睐的对象。温纳姆先生的优势在于近水楼台。每天晚饭过后，他与伯吉斯小姐两人共同表演二重唱，由此感情与日俱增。据我了解，利透先生每逢此刻都在路上徘徊张望，怒形于色。”

“这可怜虫也不会做别的，该死。他怒也就罢了，但怒完了也没个表示。他劲头也没了，锐气也消了。嘿，刚才遇见人家的时候，他连点男子汉的气概都没有，连句‘晚上好’都不会说！”

“我想利透先生对伯吉斯小姐除了仰慕，还有一丝敬畏，少爷。”

“那，他这么缩手缩脚的，咱们还怎么帮他？你有什么建议？晚饭后我会见到他，他一准要问你的意见。”

“我认为，利透先生最明智的做法是在那位小少爷身上下功夫。”

“那个弟弟？具体怎么做？”

“和他亲近，少爷，例如带他散步，等等。”

“这听着不像你那些出奇制胜的妙计呀。坦白说，我以为你能想出更厉害的点子呢。”

“这只是开始，少爷，或许会渐入佳境。”

“嗯，那我待会儿跟他说。我看她人不错，吉夫斯。”

“这位小姐的确为人称道，少爷。”

当晚我就把内部消息交代给炳哥，他立刻面露喜色，让我备感欣慰。

“吉夫斯永远是对的。”他说，“我自己怎么没想到呢？我明天就开始行动。”

这家伙由此一扫颓风，着实不可思议。我回伦敦之前，他老早就能和那姑娘搭话了。我是说，他们见面的时候，炳哥已经不像之前那样一副呆瓜相。有了这个弟弟，那助理牧师凭二重唱积累的感情相形见绌。伯吉斯小姐和炳哥现在常常一起带她弟弟去散步。我问炳哥他们一般谈什么，他说是威尔弗莱德的前途。那位小姐希望威尔弗莱德日后成为助理牧师，但炳哥说不好，他就是看不惯助理牧师，也说不上来为什么。

我们走的那天，炳哥带着威尔弗莱德来送行，那小朋友围着炳哥打转，两人像一对大学同窗老友。我临走时回头一望，炳哥正在自动售货机前买巧克力给他。这一幕真是和谐愉快又美好。我当时想，大有希望嘛。

所以呢，情况急转直下，就更叫人猝不及防。约莫过了半个月，炳哥拍来电报，内容如下：

> 伯弟老兄。我说伯弟你能不能立刻赶来。天杀的大事不妙了。该死。伯弟你可一定得来。我心如死灰伤心欲绝。还有那烟再帮我买一百支。伯弟你来的时候带上吉夫斯。你可一定得来伯弟。我全指望你了。别忘了带上吉夫斯。炳哥

按说炳哥手头老是紧得要命，但在我认识的报务员里，他的确是最大手大脚的一个。他根本不懂得删繁就简。这个大笨蛋为

倾吐其受伤的灵魂不惜一字两便士——其实我也不知道具体价格，完全不假思索。

“怎么办，吉夫斯？”我说，“我有点忍无可忍了。我总不能每隔半个月就扔下手头的一切事务跑去特维支援炳哥吧。拍封电报，叫他在村里的小池塘里了结一切算了。”

“要是少爷今晚没什么需要，我不介意独自前去一探究竟。”

“唉，该死！好吧，我看也没有别的法子了。反正他需要的人是你。那好，去吧。”

吉夫斯第二天挺晚才回来。

“怎么样？”

吉夫斯有点忧心忡忡。他让左边的眉毛微微一扬，算是担忧的表示。

“我已经尽力而为，少爷。”他说，“但只怕利透先生前景并不光明。自我们上次到访，少爷，又出现了一个令人不安的转机，只怕凶多吉少。”

“啊，怎么了？”

“少爷或许还记得施特格斯先生，当时在牧师宅同赫彭斯托尔先生温习考试的那个年轻人？”

“施特格斯怎么也掺和进来了？”

“我是从布鲁克菲尔德口中听来的消息。他无意间听到一场对话，得知这其中牵涉了施特格斯先生的利益。”

“老天！怎么，他又坐庄开赌局了？”

“据我了解，他现在正动员远亲近邻下注，而且是赌利透先生输，因为他并不看好。”

“听着不妙啊，吉夫斯。”

“不错，少爷，只怕会有不测。”

“据我对施特格斯的了解，他一定会暗中搞鬼。”

“他已经动手了，少爷。”

“这么快？”

“是的，少爷。事情是这样的。亏得利透先生赏识，一直在采纳我的建议。这天他陪伯吉斯小少爷去教堂义卖市场，偶遇陪同赫彭斯托尔牧师家的二公子前来的施特格斯先生。这位小少爷患了腮腺炎恢复不久，刚从拉格比公学告假回家休养。双方不期而遇的地点在茶点间，当时施特格斯先生正在招待赫彭斯托尔小少爷。长话短说，少爷，两位先生对两位少年狼吞虎咽的状态大感兴趣，施特格斯先生表示愿意推荐自己的候选人参加一场按年龄计重的大胃王比赛，和伯吉斯小少爷一分高下，双方各押一镑。利透先生对我坦白承认，他当时想，若给伯吉斯小姐知道只怕后果不堪设想，因此一时有些踌躇，但是终究好胜心切，于是一口答应。比赛如约进行，参赛双方都展示了极佳的求胜心和热情，最终伯吉斯少爷不负利透先生的期望，获得了胜利，但为此也是勉强支撑。第二天，两位参赛者都吃了一定的苦头。一番问询之后，事情水落石出，利透先生——我是听布鲁克菲尔德说的，他当时碰巧经过起居室门口——受到伯吉斯小姐一番疾言厉色的责备，最后请他再也不要和自己说话。”

事实不容逃避。要是谁需要咱们密切留意，那就是施特格斯。就连马基雅维利都该跟他上函授课。

“这绝对是个陷阱，吉夫斯！”我说，“施特格斯是有预谋的，又是他的诡计。”

“看来确然无疑，少爷。”

“那，他看来叫炳哥遭了殃了。”

“这也是目前的普遍意见，少爷。听布鲁克菲尔德说，村中的‘牛马’酒馆把温纳姆先生输的投注定在7赔1，赌客不限，但无人问津。”

“老天！就连村里也打起赌来了？”

“是，少爷，就连附近几处村庄也有参与。这件事已经引发广泛的兴趣，据闻，远至下宾利也有相应的博彩活动。”

“那，我看咱们也无能为力。既然炳哥笨到了家——”

“只怕的确是背水一战，少爷。不过，我不揣冒昧，向利透先生指明目前尚有一个办法，或许会扭转情势。我建议他开始广结善缘。”

“广结善缘？”

“到村户中，少爷。例如为卧床不起者读书、与病弱者聊天解闷，等等。我们只能期望此举能有所收获。”

“嗯，大概吧。”我不大有信心，“天啊，我要是病人，可绝对不乐意有炳哥这么个神经病跑到我床边来鬼扯。”

“此计的确并非万无一失，少爷。”

接下来的几个星期，我一直没有炳哥的消息。我琢磨着他大概发现情况无以为继，拱手认输了。圣诞节不久前的一天晚上，我在使馆俱乐部跳完舞返回公寓，此时天色已经不早。自晚饭后我舞步基本就没停下，一直跳到凌晨两点，大感疲惫，这才觉得该上床歇息了。等我摇摇晃晃地进了卧室打开灯，却发现枕头上赫然是炳哥那副丑恶嘴脸。我此时的懊恼之情什么的自不必言。

这家伙也不知道从哪冒出来的，就这么躺在我的床上，睡得跟婴儿一样，梦中犹自挂着幸福的笑。

真是欺人太甚！咱们伍斯特向来秉承中世纪的好客作风，但是，看到自己的床被别人侵占，那也有点不像话吧？我一只鞋飞过去，炳哥腾地坐起身，迷迷糊糊地嚷："怎么了怎么了？"

"你干吗占着我的床？"我问。

"哦，嗨，伯弟！你回来了！"

"对，我回来了！你怎么会睡在我的床上？"

"我来城里办点公事，借宿一晚。"

"那没问题，但你干吗睡我的床？"

"该死，伯弟，"炳哥大发牢骚，"就一张破床，至于揪住不放吗？客房不是还有一张床吗？我亲眼看着吉夫斯铺好的。我知道他是给我准备的，不过我也知道你最懂得待客之道，所以就直接睡你这张了。我说，伯弟老兄，"炳哥明显不想再谈寝室分配的问题，"我看见了曙光。"

"嗯，这会儿都三点了。"

"笨蛋，我是打个比方。我是说我看到了希望，关于玛丽·伯吉斯，知道吧。快坐下，我跟你仔细讲讲。"

"不要，我要睡觉去。"

"首先呢，"炳哥舒舒服服地倚着我的枕头，大大方方地从我的香烟匣里拿了一支烟，"我要再次衷心感谢老好的吉夫斯。所罗门王在世啊。当时跑去找他求助那会儿，我简直是一团糟。但他一来就有了主意，让我——这么说可是经过深思熟虑、且秉持着保守谨慎的态度——踏上康庄大道。他大概跟你说了吧？我要收复失地，最好的办法是广结善缘。伯弟老兄。"炳哥动情地说，“这两个星期我忙着给病人送温暖，要是我有个兄弟此刻重病不起，你这会儿用担架把他抬到我面前，老天，我准一个砖头飞过去。但话说回来，虽然我累得不成人样，但这个策略其效如神。才过了一星期，她对我的态度就明显软化，在大街上遇见，又开始对我颔首致意了。前几天在牧师宅前遇见，她甚至对我笑了一笑，那种圣人般的莞尔一笑，知道吧？昨天呢——我说，你还记得那个助理牧师吧，那个大长鼻子？”

“我当然记得，你的情敌嘛。”

“情敌？”炳哥讶异地扬起眉毛，“唔，这，也许一度勉强算是吧。虽然和事实很有点出入。”

“是吗？”这白痴一副志得意满的丑陋嘴脸，叫我气不打一处来，“那，让我来告诉你，我可是听说，特维村里的‘牛马’酒馆，还有远至下宾利附近的村落，押助理牧师输的行情是赢7赔1，但根本没人下注。”

炳哥猛然一惊，烟灰撒了我一床。

“打赌！”他目瞪口呆，“打赌！你是说，他们在赌我们圣洁的、崇高的……嘿，该死！难道他们一点廉耻、一点尊重都没有吗？这群卑鄙肮脏的贪婪鬼，真的什么都不肯放过？不知道，”炳哥若有所思，“我怎么能想个法子把这赢7赔1的钱弄到手？赢7赔1！这价钱！你知道庄家是谁吗？唉，算了，估计成不了。嘿，传出去也不好。”

“你也太自信了。”我说，“我一直以为温纳姆……”

“嗨，我才不担心他呢，”炳哥说，“我正要告诉你。温纳姆得了腮腺炎，好几个星期都没法出门活动了。这当然是好消息，但还不止如此呢。是这样的，本来是他负责编排村小学圣诞演出，现在换成我啦。我昨天晚上去找赫彭斯托尔，成功拿下任务。你知道这其中的含义。这就是说，我将成为全村的核心人物，整整三个星期，我都会是大家心心念念的对象。人人崇拜我、巴结我，知道吧？这自然会给玛丽留下深刻的印象。她会看到，我有能力成就一番大事，我有的是真材实料。或许我过去在她眼里只是一只绣花枕头，这下我会让她知道，其实我——”

“嘿，行了，饶了我吧！”

“这圣诞演出可是件大事，知道吗？赫彭斯托尔很以为己任。附近的要人全部会出席，乡绅也会带着全家莅临。伯弟好小子，这可是我的大好机会，我得趁机大展拳脚。当然，这事不是我从头负责的，多少有点碍事。你信吗？那个资质平平的榆木脑袋助理牧师找了一本五十年前出版的童书，打算排一出童话剧给大伙看。里边半句笑话、一个包袱也没有。重新排是不可能了，不过我可以添点流行元素。我打算给他们写几首好曲子，保准生色不少。”

“你哪会写呀？”

“唔，刚才说写呢，其实是‘窃’。我进城为的就是这个。今天晚上我去看了《抱一抱！》，‘帕拉丁’[1]那场滑稽歌舞剧。全是好东西呀。当然了，特维村礼堂不可能弄出像样的特效，一来没布景，二来合唱团根本只有一群傻不拉几的毛头小子，从九岁到十四岁不等。不过我觉着有门儿。你看过《抱一抱！》没有？”

“看过，两次。”

1 London Palladium，著名伦敦西区剧院，以歌舞剧著称。

“嗯，第一幕内容不错，所有的曲子都可以照搬。然后‘宫殿’[1]还有一场演出，明天走之前我可以赶下午场。里面肯定有不少好玩意儿。你就放心吧，我的东西准能一炮而红。看我的，老兄，全看我的。好了，亲爱的老朋友，”炳哥惬意地缩进被窝里，“你不能让我陪你聊一晚上啊。你们整天无所事事的是无所谓了，我可是大忙人。晚安，老弟。轻点带上门，记得关灯。十点左右开早饭，是吧？好嘞。晚安。”

接下来的三个星期里，我一直没见到炳哥的面，他仿佛化作一道“画外音”，动不动就给我打长途电话，跟我讨论排练中的各种状况，问我的意见。终于有一天，他早上八点把我吵醒，问我《圣诞快乐！》这个剧名好不好。我当时就直话直说，他不能再这么折腾我了，那往后他果然消停了一阵，几乎淡出了我的生活。这天下午，我回公寓换衣服吃晚饭，看见吉夫斯正在审视扶手椅背上铺开的一张类似巨幅海报的玩意儿。

“老天爷，吉夫斯！”我那天精神不大好，被这场面吓得不轻。

“什么玩意儿？”

“是利透先生送来的，少爷，叫我提醒少爷过目。”

“嘿，还真够醒目的。”

我又看了一眼，果然叫人过目不忘。这玩意儿有两米长，文字还大部分是用鲜红色的墨水写成的。

1 Palace Theatre，著名伦敦西区剧院。

内容如下：

特维村礼堂　十二月二十三日星期五

理查德·利透　倾情巨献

全新原创滑稽歌舞剧

## 呦哦，特维！

原著：理查德·利透

作词：理查德·利透

作曲：理查德·利透

特维少年合唱团全套班底打造

舞台效果：理查德·利透

制作人：理查德·利透

“你怎么想，吉夫斯？”我问。

“坦白说，少爷，我有些疑虑。我认为利透先生本该继续按我的建议，专注在村中广结善缘。”

“你觉着会搞砸？”

“我不敢妄自揣测，少爷，但据我的个人经验，伦敦观众所喜闻乐见的，未必符合乡下居民的心智口味。大都市的情调在外省看来有时显得怪趣荒诞。”

“我是不是应该过去瞧瞧这破玩意儿？”

“我想少爷如若不到场，会伤害利透先生的感情。”

特维村礼堂面积不大，散发着一股苹果味。23号晚上我赶到的时候，里面已经坐满了人。我算计好了快开场才到，这种狂欢会我体验过一两次，不想到得太早摊上前排的座位，万一情况不妙，那很不利于中途悄悄退场，溜出去享受户外的空气。还算幸运，我在礼堂后排门口处占据了一个战略位置。

从我站的地方，可以将观众尽收眼底。类似的场合总是一样，前几排都被要人占了，其中包括乡绅一家，一家之主是一位紫红面孔、一把白胡子的正派的老先生，此外就是当地牧师团，大概还有几十位显赫的赞助人。后面那黑压压的一片就是所谓的中下层阶级了。再往后，也就是我所处的这片位置，社会地位可谓唰地降到最低，这边集结的差不多全是“刺头儿”，这帮人出席倒不是出于对戏剧事业的热爱，主要是因为演出结束后提供免费茶点。总而言之，礼堂可谓是特维生活与思潮的典型代表。要人们窃窃私语，怡然自得，中下层群体坐得笔直，好像刚被浆洗过，而刺头儿们一边捏坚果一边讲三流的乡下俏皮话，以此打发时间。玛丽·伯吉斯正在台上弹华尔兹，温纳姆助理牧师站在她旁边，看样子是痊愈了。礼堂内的温度我估计怎么也得有52摄氏度吧。

我觉得肋下被人狠狠戳了一下，转身一看，是施特格斯。

“嗨！”他说，“我不知道你也来了。”

我虽然不喜欢这个人，但咱们伍斯特敷衍几句还是会的。我挤了个浅笑。

“啊，是。”我说，“炳哥希望我赶过来看他的演出。”

“听说他下了不少功夫呢。”施特格斯说，“特效什么的。”

“好像是。”

“当然啦，这事对他相当重要，是吧？他跟你说了那位小姐的事吧？”

“是。我还听说你定了7赔1的注赌他输。”我盯着这个祸害，眼神凌厉。

他抖也没抖一下。

“小赌一下，调剂一下枯燥的乡下生活嘛。”他说，“不过你弄错了。7赔1是村里的行情。要是你想投资，我可以开出更好的条件。100赔8，最低押十镑，怎么样？”

“老天！这价你也敢出？”

“是啊。莫名地，”施特格斯沉思着说，“我有种预感，有种大事不妙的感觉，好像今天晚上要出什么岔子。你也知道利透这个人，碰什么什么遭殃。我预感他这场演出要搞砸。当然，要是真砸了，人家小姐对他的印象一定大打折扣，而他的基础本来就不牢靠。”

“你是不是要搞破坏？”我厉声问。

“我！”施特格斯说，“这，我能做什么呀？等会儿，我得去找个人说点事。”

他一溜烟走了，我心中一阵忐忑。我从他的眼里就看得出，他准是有什么阴谋诡计，我想应该提醒一下炳哥。可惜没时间了，我又不知道他在哪儿。施特格斯刚一走开，幕布就升起来了。

演出前半场，炳哥除了充当提词员，基本看不出戏里有他的心思。一开场不过就是那种奇奇怪怪的圣诞故事情节，从《十二个儿童短剧》之类的书里扒下来的。小演员们和往常一样，乱七八糟地念一通废话，这群榆木脑袋偶尔忘了词，幕后就会传来炳哥雷鸣般的声音。在座的观众也按照惯例，渐渐进入了麻木状态，这时炳哥的第一段改编曲目开始了。就是那个谁来着在“宫殿”的滑稽剧里唱的那段——我要是哼出调子你准知道，可惜我老是记不住那破玩意儿。在“宫殿”里这段总要返场三次，这会儿反响也不错，即便那小演员尖着嗓子，还不住地走调，像岩羚羊跳峭壁似的忽高忽低。就连刺头儿们也很乐呵。第二段副歌唱完，全场齐声喊“再来一遍”，于是那个孩子深吸一口气，又亮开了磨刀般的歌喉。

就在此时，灯光骤然熄灭了。

我这辈子好像还没经历过如此突然如此惊心的灾难。灯光没有忽明忽灭，而是直接灭了。礼堂里一团漆黑。

当然，这种状况一出现就打破了咒语。有人开始喊退场方向，刺头儿们蹬蹬踩着地板，准备好好乐一乐。而炳哥呢，自然免不了要展示其笨蛋的本色。他的声音突然从黑暗中传来。

“女士们先生们，灯光出了一点问题——”

刺头儿们得到这条内部消息立刻乐不可支，好像听到了冲锋的口号。约莫过了五分钟，灯又亮了起来，演出继续进行。

演了十分钟，观众终于重新陷入了昏迷状态，他们好歹安静下来，演出得以顺利进行。这时一个长得像比目鱼似的小男孩慢吞吞地挪到幕布前——之前那场戏大概是讲许愿指环还是仙女的诅咒什么的，剧情惨不忍睹，然后幕布就落下了——开始唱《抱一抱！》里面乔治那谁唱的那首歌。你肯定知道的，就是“姑娘们，永远要听妈妈的话！”那段，并且每次都会示意观众齐唱副歌。这支歌谣很有点妙语双关，我常常一边泡澡一边纵情高歌，但绝对——除了炳哥这种没大脑的傻瓜意识不到——绝对不适合村礼堂的儿童圣诞表演。从第一段副歌一开始，大部分观众就僵硬地坐直了身子，不住地扇风；弹钢琴的伯吉斯小姐有点目瞪口呆，只是机械地移动手指；她身边的助理牧师脸别向一边，不胜其苦的样子；只有刺头儿们叫好不迭。

那孩子唱完第二段副歌就住了口，开始怯怯地向舞台侧面挪动。这时插入了一段简短的对白，内容如下：

炳哥（画外音，在椽子间回响）：说呀！

孩子（扭捏状）：我不想说。

炳哥（提高声音）：快说，臭小子，当心我剥了你的皮！

看来这孩子脑筋一转，意识到炳哥的确能抓住他，因此妥协为上，且不管后果如何。他又磨磨蹭蹭地走回到舞台中央，双眼一闭，发疯似的咯咯直笑，口中说道："女士们先生们，现在我有请特里西德乡绅老爷为我们表演副歌！"

知道吗，虽然我待炳哥一贯宽大为怀，但有时却忍不住想，或许疗养院才是真正属于他的地方。这可怜虫估计把这当作整晚的亮点来着。我分析，他以为乡绅会乐呵呵地站起身，敞开喉咙高歌一曲，气氛一片欢乐祥和。但事实是特里西德——知道吗，我一点也不怪他——坐着没动，脸色越来越紫。中下层阶级静得吓人，只等着天塌下来。观众里面对此表示欢迎的似乎只有刺头儿们，他们起劲地欢呼。对他们来说，这真是天上掉馅饼。

就在此刻，灯光第二次熄灭了。

几分钟后，灯又亮了，光亮下只见乡绅铁青着脸大步退场，后面跟着一家老少。弹钢琴的伯吉斯小姐脸色苍白面无表情，那个助理牧师凝视着她，表情很奇妙，好像是说纵然一切令人发指，他却看到一线希望。

演出再次继续。先是一大段《儿童剧》对白，然后钢琴奏响了橙子姑娘那首歌的前奏，也就是“宫殿”那出剧里一炮而红的曲目。我猜这该是炳哥第一幕的收尾了。全套班底都聚在台上，幕布一角还有一只手在那儿攥着，只等时机一到就手动落幕。看着的确是一幕终了的样子。很快我就发觉，还不止如此。这就是大结局了。

大家都知道“宫殿”那首橙子歌吧？是这么唱的：

> 噢，你什么什么橙子吗？
> 我什么的橙子，
> 我什么的橙子；
> 噢，你什么什么我忘了，
> 什么什么啦啦啦啦：
> 噢——

反正差不多吧。歌词风趣，调子也朗朗上口，不过最关键的还在于舞台动作：橙子姑娘们从篮子里拣出一只只橙子，轻轻地抛向观众。不知道各位有没有注意过，反正每次台上一往下面扔东西，观众就给逗得不亦乐乎。每次我去“宫殿”看演出，一演到这段，看官们简直乐疯了。

当然，“宫殿”用的道具橙子是用橘色毛线缠的，橙子姑娘也没有乱扔一气，而是悠着劲儿丢到前两排而已。我很快发觉，今天晚上安排的动作可完全不是这么回事。只见一大块烂果皮啊果肉啊什么的“嗖”的一声从我耳边飞过，在后墙上炸开了花。又有一只“啪叽”一声砸中了第三排某位要人的脖子。接着又飞来第三只，正中我的鼻梁。一瞬间，剧情于我突然变得索然无味了。

等我抹干净面孔，也不再冒眼泪了，这才发现，这场晚间娱乐演出有点贝尔法斯特[1]狂欢夜的意味。空气里尖叫和水果混成一片，炳哥在小演员中间跑来跑去，发了疯似的，这帮小孩因此乐开了花。估计他们也知道好景不长的道理，因此更加用心地及时行乐。刺头儿们捡起没摔烂的橙子，开始跟台上对扔，观众夹在中间，背腹受敌。总体观之，情势一团混乱，眼看要进入白热化状态，这时灯光第三次熄灭了。

我琢磨此时不走更待何时，于是拔腿悄声向门口移动。才刚出了门，观众就如潮水般涌出来。他们三三两两地在我身边涌动，群众意见如此统一，这种情况我还是第一次见到。无论男女老少都在声讨可怜的炳哥，一股思潮迅速滋长并愈演愈烈，最后大家一致同意，最好的策略就是等炳哥现身一举拿下，请他到村池塘里扑腾几圈。

鉴于积极分子数目之众、决心之坚定，我认为，为了兄弟，只有挺身而出，从后门进去跟炳哥通风报信，叫他竖起衣领，偷偷借着侧门溜走。进去以后，我看见炳哥正坐在舞台侧面的箱子上挥汗如雨，多多少少像是凶杀案现场。只见他头发根根直竖，耳朵却耷拉着，想来只差一句责备的话就要号啕大哭。

---

1　北爱尔兰首府；在此可能借指威廉三世（William of Orange）和“橙带党”（Orange Order）每年的庆祝游行活动。

“伯弟。”他看见我来了，哑着嗓子说，“是那个万恶的施特格斯！我趁那帮孩子逃窜之前揪住了一个，他全招了。施特格斯把毛线球换成了真的橙子——要知道我可是废了无数心血和将近一镑银子特殊准备的呀！哼，我要去把他大卸八块，反正我也是闲着。”

我很不忍心打破他的美梦，但情况紧急呀。

“老天爷，老兄。”我说，“你现在哪有工夫搞这些闲情逸致。还不快撤，抓紧时间！”

“伯弟。”炳哥干巴巴地说，“她刚走没多久。她说一切都是我的错，她以后再也不会跟我说话了。她说之前就觉得我是个没心没肺的捣蛋鬼，这下她全明白了。她说——唉，总之，她狠狠骂了我一顿。”

“这你以后再担心吧。”我说。这个可怜的笨蛋，叫他清醒过来似乎是不可能的。“你知不知道，特维有两百多位一等一的壮汉正在门口守着你，打算把你丢进池塘？”

“不！”

“千真万确！”

一瞬间，这可怜虫好像崩溃了，但只是一瞬间而已。炳哥向来有点英国斗牛犬的品格。只见他脸上浮现出一抹神秘的醉人的微笑。

“没事。”他说，“我从地窖溜到后院，翻墙出去。他们想吓我，没门儿！”

不出一个星期，这天吉夫斯照例给我端来早茶，并礼貌地示意我放下《晨报》体育版，将婚讯专栏的一条订婚公告指给我看。

公告很简短，只说斯图里奇伯爵阁下之三公子休伯特·温纳姆牧师阁下与汉普郡威德里庄园已故马修·伯吉斯之独生女玛丽订下婚约并将择日完婚。

“当然。”我扫了一眼说，“预料中的事，吉夫斯。”

“是，少爷。”

“经过那天晚上的事，她永远不会原谅炳哥。”

“不错，少爷。”

“不过，”我啜饮了一口芳香扑鼻热气缭绕的饮品，“炳哥很快就能恢复过来。他这种经历也不下一百一十一次了。我不放心的倒是你。”

“我，少爷？”

“嘿，该死，难道你忘了，你为了促成炳哥的好事费尽了心力，可惜白辛苦一场？”

“并非白辛苦，少爷。”

“嗯？”

“的确，我为撮合利透先生和伯吉斯小姐所做的努力没有取得成果，但现在回想起来，倒也有一丝欣慰。”

“你是说因为你尽力了？”

“并非如此，少爷，当然，想到此我也的确大感宽慰。我指的是这件事带来的经济报偿。”

“经济报偿？什么意思？”

“少爷，我得知施特格斯的计划以后，便和布鲁克菲尔德共同出资，从‘牛马’酒馆的店主手中买下了庄家账簿。这次投资利润相当丰厚。少爷，早饭即刻便好，是腰子烤面包片佐蘑菇。只等少爷按铃，我便端进来。”

# 16

# 克劳德和尤斯塔斯迟迟不肯退场

这天早上，阿加莎姑妈把我堵在小窝里宣布了一条噩耗，我知道自己的好运气终于用光了。是这样的，一般来说，“家庭风波”都不会波及到我。每当二姑妈和四舅妈相互喊话，像两头乳齿象一样隔着原始沼泽地咆哮，或者詹姆斯叔叔关于梅宝堂妹奇异举止的家书在家族圈子里来回传阅（“请仔细读过然后转交给简”），一家人都习惯把我忽略不计。做单身汉就是有这个好处——并且在我那些血脉至亲看来，我这个单身汉还是个半傻子。“伯弟根本不上心，叫他也是白叫”差不多成了句口号，坦白说，我还巴不得如此。我最乐得清净了。正因为如此，这次我才觉得“我呀已在劫难逃”[1]：这天我正无忧无虑地叼着烟，阿加莎姑妈款款走进客厅，开口就是克劳德和尤斯塔斯如何如何。

“谢天谢地。”阿加莎姑妈说，“克劳德和尤斯塔斯的事终于安排妥当了。”

“安排？”我完全摸不着头脑。

1　丁尼生《女郎夏洛特》（*The Lady of Shallot*），黄杲炘译。

“他们星期五坐船去南非。苦命的艾米丽啊，她的朋友范·亚斯提尼先生在约翰内斯堡开公司，答应给他们谋两个缺，我们希望这对兄弟能在那边安定下来，有所发展。”

我还是一知半解。

“星期五？你是说后天？”

“对。”

“去南非？”

“对。坐‘爱丁堡城堡号[1]’。”

“为什么？他们在牛津不是还没毕业吗？”

阿加莎姑妈冷冷地瞪了我一眼。

“伯弟，莫非你对至亲的情况真的这么不上心，连克劳德和尤斯塔斯被开除的消息都没听说？这都半个月了。”

“不是吧？”

“伯弟，你真是无可救药。我还以为，无用如你——”

“他们为什么被遣送了？”

“他们往学院初级学监的头上泼柠檬水……伯弟，这么无法无天的行为，我看不出有什么好笑的。”

“不不，可不。”我赶紧说，“我没笑，是呛住了。就是喉咙里卡了东西，知道吧？”

“苦命的艾米丽呀。”阿加莎姑妈接着说，“对子女只知道一味纵容，结果宠坏了他们。她还想让孩子留在伦敦，说可以锻炼着参军。但我主意已定，像克劳德和尤斯塔斯这种不知好歹的年轻人，只能送到殖民地去历练[2]。星期五就启程。这两个星期他

1　当时联合城堡（Union-Castle）航运公司旗下的客轮。

2　英国贵族家庭常常打发没出息的晚辈到殖民地。

们一直住在伍斯特郡你克莱夫叔叔那儿。明天在伦敦住一晚，星期五早上赶港口联运列车。”

“这不大妥吧？我是说，明天晚上他们还不得闹翻天？你放心叫他们独自留在伦敦？”

“谁说他们要独自留在伦敦了？你负责看着他们。”

“我！”

“不错。我就指望你在公寓里招待他们一晚上，保证他们不许误了第二天的火车。”

“呃，我说，别！”

“伯弟！”

“那，我是说，他们俩是一对活宝，我说不好啊。有点疯疯癫癫的，知道吧……当然了，跟他们聚聚我总是很高兴的，但说到招待他们留宿嘛——”

“伯弟，想不到你竟然沦落得如此麻木无情自私自利，为了亲人，甚至不肯受一点点的委屈——”

“唔，好啦。”我说，“好啦。”

当然了，辩解都是多余的。在阿加莎姑妈面前，我总觉得该长脊梁骨的地方长了一摊糨糊。她属于那种说一不二的女性，我觉着伊丽莎白一世就是她这种性格。每次她用那双精光四射的眸子盯住我说“赶紧的，小子”或者这类话，我二话不说马上照办。

她一走，我就按铃叫吉夫斯进来，跟他宣布消息。

“哦，吉夫斯。”我说，“克劳德和尤斯塔斯两位先生明天晚上会借宿一晚。”

“好的，少爷。”

“你觉着好啊，我可是觉得前景一片黯淡凶多吉少。你也知道那两位的性子！”

“这两位先生十分活泼，少爷。”

“祸害，吉夫斯，地地道道的祸害。有点过分啊！”

“少爷还有别的吩咐吗？”

听他这么一说，我故意挺了挺高贵的腰板。本来是想听两句安慰话，结果人家冷冷的爱搭不理，那咱们伍斯特就得摆点架子。当然，我知道是怎么回事。这两天家里的气氛有点冷冰冰的，起因是我在伯灵顿拱廊街[1]闲逛的时候淘到的那双时髦的鞋罩。不知是哪个头脑精明的家伙，估计和发明彩色香烟匣的是同一个人吧，最近灵光一闪，又推出了一系列彩色鞋罩。我是说，现在除了那些不起眼的灰白两色，还可以买到自己部队或者母校的标志色。相信我，看到橱窗里那一对伊顿蓝鞋套[2]冲我微笑的时候，纵使换作比我坚强百倍的英雄，也未必经得起诱惑。瞬间我就进了店门，一阵讨价还价，这期间压根也没想到吉夫斯大概不会赞同这一层。不得不说，他反应有点过敏。坦白说吧，从许多方面来说，吉夫斯是伦敦数一数二的男仆，但这个人就是太保守。老顽固，大家明白我的意思吧，是进步之大敌。

“没有了，吉夫斯。”我不动声色，不失威严。

“遵命，少爷。”

他冷眼扫过鞋罩就退下了。真要命！

第二天晚上，我换衣服准备吃晚饭的时候，这对双胞胎连蹦带跳进了我家的大门。要说那股欢天喜地兴高采烈的劲儿，我这

1 Burlington Arcade，伦敦著名购物中心，聚集了各大高级品牌店。

2 伊顿公学的色标为蓝绿色（Eton Blue）。

辈子还是头一次见。说起来我也只年长克劳德和尤斯塔斯五六岁，但不知怎么搞的，在他俩面前，我总觉得自己已经步入爷爷辈，是一只脚踏进棺材的人了。还没等我反应过来，这两位已经霸占了我最舒服的椅子，随手取了几支我那些特制香烟，各自斟了一杯威士忌苏打，开始无忧无虑地谈天说地，那情形好像两个人成就了人生抱负，而不是闯了大祸被发配流放。

“嘿，伯弟老哥。”克劳德说，“有劳你收留我们啦。”

“哦，别客气。”我回答，“还希望你们俩多留一阵子呢。”

“听到没，尤斯塔斯？他希望咱们俩多留一阵子呢。”

“感觉上是要住好一阵子吧。”尤斯塔斯透着点哲学意味。

“伯弟，你听说我们的壮举了吧？我是说，我们的小麻烦？”

“嗯，是啊，阿加莎姑妈跟我说了。”

“我们此次去国离乡，是为国家利益着想。”尤斯塔斯说。

“当我出海去，”克劳德说，“河口沙洲莫悲哭[1]。阿加莎姑妈都说什么了？”

“她说你们把柠檬水泼在了初级学监头上。”

“真讨厌。”克劳德气鼓鼓的，“他们也不搞搞清楚。不是初级学监，是高级导师好吧。”

“而且也不是柠檬水，”尤斯塔斯说，“是苏打水。那位亲爱的老兄当时正站在我们窗户下面，我刚巧从窗口探出身子，手里握着苏打水瓶。他一抬头，我就——嗨，这种千载难逢的机会

1　丁尼生《过沙洲，见领航》（*Crossing the Bar*，1889），黄杲炘译。

可不能让它白白溜走，我必须抓住。”

“可不能让它白白溜走。”克劳德表示同意。

“下一回不知要等到哪年哪月。”尤斯塔斯说。

“猴年马月吧。”克劳德说。

“好了。”尤斯塔斯说，“伯弟，你今天晚上打算怎么招待这两位英俊潇洒的贵客？”

“我想不如就在公寓里简单吃两口。”我说，“吉夫斯快准备好了。”

“然后呢？”

“那，我本来想咱们可以聊聊天什么的，但后来一想，你们大概希望早点休息，因为还要赶十点还是几点的火车，是吧？”

这对双胞胎面面相觑，很遗憾的样子。

“伯弟。”尤斯塔斯说，“你的日程安排大致不错，但还是有点偏差。对于今天晚上的活动，我是如此设想的：吃过晚饭晃悠去吉罗。星期五延长营业，是吧？嗯，那撑到两点半、三点左右是没问题的。”

“之后呢，”克劳德说，“就看天意的安排了。”

“我以为你们想好好歇一晚上呢。”

“歇一晚上！”尤斯塔斯说，“亲爱的堂哥，你不会以为我们今天还打算睡觉吧？”

我想说到底，我已经不是从前的自己了。我是说，我现在不像头几年那么着迷彻夜狂欢了。我还记得在牛津那会儿，在科芬园舞会跳到六点，出来到土耳其浴室吃个早餐，然后可能是精挑细选几个小贩一番混战，我那时觉得这才是健康生活的真谛。但现在呢，两点已经成了我的极限；但到了两点，这对兄弟才刚刚进入状态，准备好好乐一乐呢。

我模糊地记得，从吉罗出来以后，我们去打了一夜百家乐，那几个牌友我好像一个都不认识。最终返回公寓的时候，估计快早上九点了。不得不承认，此时此刻，就我本人来说，一开始那股精神头略有点消减。实际上，我用仅存的力气跟这对兄弟道别、祝他们一路顺风、在南非幸福快乐事业有成，然后就一头扑倒在床上。临睡前，我依稀听见那对祸害在冷水龙头下放声高歌，活像两只云雀，还时不时地止住歌喉，催促吉夫斯快点上鸡蛋熏肉。

等我一觉醒来，估计已经下午一点了。此时我只觉得自己是纯净食品委员会[1]丢弃的渣滓，但是心中一个念头一闪，叫我精神不由一振——估计这会儿那对双胞胎已经倚着渡轮的栏杆，凝视着逐渐远去的亲爱的故土呢。可想而知我接下来给吓成什么样：门突然开了，克劳德走了进来。

“嗨，伯弟！”克劳德说，“睡饱了？那好，找个像样的地方吃午饭吧？”

我这一觉里乱七八糟的噩梦一个接一个，所以我一瞬间以为自己还没醒，做起了最恐怖的梦境。直到克劳德一屁股坐在我脚上，我才意识到这是残酷的现实。

“老天！你怎么还在这儿？”我结结巴巴地问。

克劳德满脸责备。

“伯弟呀，你做主人家的怎么这种语气呢？”他语重心长地说，“你昨天晚上不是还说希望我多留一阵子嘛。你梦想成真

---

1 指当时的纯净食品运动，委员会主席为爱丽丝·莱基（Alice Lakey，1857—1935）。

了。我留下。”

“你不是该在去南非的路上吗？”

“这个问题嘛，”克劳德说，“我就猜到你需要一个解释。是这样的，老哥。你记得昨天晚上在吉罗给我介绍的那位佳人吧？”

“哪位佳人？”

“只有一位。”克劳德冷冷地说，“我是说，只有一位叫我倾心。她芳名玛丽恩·沃德，我跟她跳了好一阵子舞，记得吧？”

我模模糊糊地有了点印象。我结交玛丽恩·沃德有一段时间了，很有魅力的姑娘，现在“阿波罗”[1]那出戏里就有她。我想起来了，昨天晚上她在吉罗参加什么聚会，这对兄弟磨着要我把她介绍给他们认识。

“我们是天造地设的一对。”克劳德说，“昨天晚上我很早就发觉了，而且后来越想越确定。知道吧，这正是可遇不可求也，我是说心心相惜什么的。长话短说，我在滑铁卢车站甩掉了尤斯塔斯，偷偷回来了。只身前往南非，把这样一位女郎独自留在英国，我觉着这么可不好。虽然我支持为祖国尽忠、帮殖民地致富什么的，但我无能为力啊。毕竟——”克劳德说得头头是道，“南非没有我不是一直也挺好的吗，这会儿怎么就坚持不下去了？”

“可是范·亚斯提尼还是谁来着，他怎么办？他可等着你呢。”

1 Apollo Theatre，著名西区剧院，位于伦敦中心。

“哦，不是有尤斯塔斯嘛，那就够了。尤斯塔斯这么可靠的青年，保不准日后成为什么巨头呢。我会密切关注他未来的动向的。伯弟，我得失陪一会儿，去找吉夫斯调一杯他的独家醒神剂。莫名其妙地，我今天早上头有点疼。”

不管各位信不信，总之他前脚才走，尤斯塔斯后脚就推门进来了。一看他那张清爽灿烂的面孔，我就觉得眼睛疼。

“我的妈呀！”我叹道。

尤斯塔斯咯咯笑个没完。

“小菜一碟，伯弟，小菜一碟！”他说，“可怜的克劳德，对不住啦，但我没得选择嘛。我在滑铁卢逃开了他的监视，悄悄打出租车回来了。估计那个大傻瓜正纳闷我去哪了呢。我也没办法呀。要是你真心希望我跋山涉水奔赴南非，那昨天晚上就不该介绍沃德小姐给我认识。伯弟，我索性都告诉你吧，我这个人呢，”尤斯塔斯一屁股坐在床上，“从来不会见一个爱一个。我想‘铁骨铮铮含情脉脉’就是对我的最佳概括吧。不过，一遇到一生之所爱，我绝不会浪费时间。我——”

“老天！你也爱上了马丽恩·沃德？”

“也？什么叫‘也’？”

我正要解释克劳德的事，这个祸害就自己送上门来了。他活像只焕然一新的巨兽。显然，只要不是埃及木乃伊，吉夫斯的醒神剂总能即刻见成效。其秘密在于其中一味配料——伍斯特辣酱还是什么的。克劳德恢复了神采，像花儿吸足了水，但一看到床栏后面那要命的兄弟正鼓着眼睛瞪着他，差点打回原形。

“你在这儿干吗？”他先开口。

“那你在这儿干吗？”尤斯塔斯反问。

“你回来是不是要骚扰沃德小姐？”

“你回来就是为这个吧？”

他们尽情吵了一阵。

“那，”克劳德最后说，“事已至此，既来之则安之。咱们谁赢谁输，全看本事！”

“胡闹！”我终于插上了话，“你们想怎么样？要是继续待在伦敦，你们打算住哪儿？”

“咦，住这儿呗。”尤斯塔斯很是诧异。

“不然住哪儿？”克劳德眉头一扬。

“伯弟，你不会介意收留我们吧？”尤斯塔斯问。

“你这么够意思。”克劳德说。

“可你们两个笨蛋，要是阿加莎姑妈发现你们两个非但没去南非，反倒藏在我家里，那我不是吃不了兜着走？”

“他是不是吃不了兜着走？”克劳德问尤斯塔斯。

“哦，他自己想办法呗。”尤斯塔斯回答克劳德。

“当然。”克劳德面露喜色，“他总有办法的。”

“可不！”尤斯塔斯说，“伯弟这么有手段，当然能克服。”

“好啦。”克劳德宣告话题结束，“伯弟，咱们刚才不是在讨论吃午餐吗？刚才喝了吉夫斯给我灌的那杯东西，现在有点胃口了。我看来六块肉排、一块布丁就差不多了。”

想必人人生活中都有低潮期，每次回想起来，都忍不住眼前冒火、心里打颤。有些人呢，要是以如今的小说为标准，差不多永远是这个状态，不过个人来说，一方面有可观的独立收入，另一方面消化功能良好，我倒是很少有瘪气的情况。正因为如此，我才尽量不去想这段岁月。自从这对要命的双胞胎不请自来、去而复返，我的日子就一片愁云密布，整天紧张兮兮，神经支棱出一尺长，末梢还卷曲着。相信我，我是坐立不安。想来原因就是咱们伍斯特一向表里如一、坦坦荡荡什么的，一旦有点事藏着掖着的就阵脚大乱。

波托马克河静静地流淌[1]了约二十四小时，然后阿加莎姑妈姗姗而来找我聊天。要是她早到二十分钟，就会看到那对双胞胎正猛吞熏肉片和鸡蛋，活蹦乱跳往门外跑。她重重地跌进椅子里，看得出，她不像往常那样阳光。

“伯弟。”她说，“我心里很不安。”

我有同感。我看不出她究竟要待多久，也不知道双胞胎什么时候回来。

“或许，”她说，“我对克劳德和尤斯塔斯太苛刻了一点。”

“怎么可能？”

“你的意思是？”

“我——呃——是说，姑妈，你何曾对谁苛刻过呢？”圆得还不赖。我是说，就这么脱口而出，不假思索。阿加莎姑妈听了很受用，看我的眼光里也比平时少了一点鄙视。

“伯弟，你真会说话。我在想，他们可还平安？”

“可还什么？”

这个词用到双胞胎身上好生古怪，要知道，他们无毒无害的程度好比两只生机勃勃的幼年狼蛛。

1 *All Quiet Along the Potomac Tonight*，埃塞尔·琳恩·比尔斯（Ethel Lynn Beers，1827—1879）描写美国内战的诗，后成为一首流行歌曲。

“你看他们会一切顺利吧？”

“什么意思？”

阿加莎姑妈的眼神简直有几分向往。

“你想过没有，伯弟？”她说，“你乔治叔叔或许会通灵？”

我感觉她怎么换了个话题呢？

“通灵？”

“依你看，他有没有可能‘看见’一般人看不到的事物？”

我觉得这个概率没有十分也有八分吧。不知道大家认不认得我乔治叔叔。他是个老顽童，常年穿梭于各种俱乐部，身边总有几个酒友陪着。每次见他走进视线，服务生就忙着打起精神，侍酒生则立刻把玩起开瓶器。说起来，倒是乔治叔叔第一个发现酒精可以饱腹的功效，比现代医学观念还早。

“昨天晚上乔治跟我一起吃饭，他整个人都不在状态。他说自己从德文郡俱乐部出来，正往‘布多尔’[1]走，突然看见了尤斯塔斯的幻象。”

“尤斯塔斯的什么？”

“幻象，幽灵。他看得真真切切，一瞬间甚至以为是尤斯塔斯本人。接着那影子转过街角不见了，等乔治赶到，已经消失得无影无踪。事情太过蹊跷，叫人心里不踏实，可怜的乔治着实吓得不轻，整顿饭什么也没吃，只管喝大麦茶，可见是慌了神。你确信这两个苦命的孩子平安无事，伯弟？不会有什么劫数吧？”

一想到这个可能，我真是垂涎三尺。但我说不会的，我相信

---

1　Boodle’s，伦敦著名男士俱乐部，得名于领班爱德华·布多尔（Edward Boodle），成立于1762年，创始人是谢尔本勋爵，日后成为首相。

他们不会有什么劫数。我觉得尤斯塔斯就是个劫数，克劳德也一样，不过我忍住没说。她坐了一会儿就走了，还是忧心忡忡的。

双胞胎回来的时候，我直截了当一阵批评。虽然吓吓乔治叔叔挺好玩的，但他们不能这么大摇大摆地在大都会里瞎逛。

“我亲爱的哥哥，”克劳德说，“讲讲理嘛。总不能限制我们的行动自由吧？”

“没门儿。”尤斯塔斯说。

“归根结底，你明白吗，”克劳德说，“我们得保证来来去去畅通无阻。”

“完全正确。”尤斯塔斯说，“时而来来，时而去去。”

“可，该死的——”

“伯弟！”尤斯塔斯责备地说，“在小孩子面前注意用词！”

“当然了，我也明白他的意思。”克劳德说，“我想呢，买两副道具乔装一下不就解决了。”

“亲爱的兄弟！”尤斯塔斯满脸钦佩，“这是有史以来最聪明的点子。肯定不是你自己想的吧？”

“说起来呢，我这灵感还是从伯弟那儿来的。”

“我！”

“前两天你不是跟我说炳哥·利透为了不让叔叔认出来贴了一副络腮胡子吗，”

“你们两个窝囊废，要是敢贴着大胡子在我的公寓里进进出出——”

“有道理。”尤斯塔斯表示赞同，“那就连鬓胡好了。”

“还有假鼻子。”克劳德说。

“就按你说的，还有假鼻子。那好，伯弟老哥，这下你放心了吧。既然在你家小住，总不想给你添麻烦。”

事后，等我奔去找吉夫斯寻求安慰的时候，他张口却是什么年轻人血气方刚，半点同情也不给。

“很好，吉夫斯。”我说，“我要去公园走走。麻烦你备好那副伊顿蓝鞋罩。”

“遵命，少爷。”

没过几天，玛丽安·沃德亲自到访，当时正是下午茶时间。她先警觉地环顾一下房间，然后才落座。

“你那对堂弟不在，伯弟？”她说。

“不在，谢天谢地！”

“那我来告诉你他们在哪儿。他们在我家客厅里，各自盘踞了一个角落，彼此虎视眈眈，专等着我回去。伯弟，可不能这么下去了。”

“他们近来常常去找你，是吧？”

这时吉夫斯端了茶进来，但那可怜的姑娘正激动着，也顾不得等他退下就开始吐苦水。她像被追捕的猎物一样惊恐万状，可怜极了。

“不管我走到哪儿，不是碰上这个，就是撞见那个，或者两个一起。”她说，“通常是两个一起。他们老是一块上门，沉着脸往那儿一坐，谁也不肯走，我不胜其烦，现在整个人都憔悴了。”

“我懂。”我感同身受，“我懂。”

“那，怎么是好？”

“这可难倒我了。你吩咐女佣，谎称你不在家？”

她微微一个激灵。

“我试过一次，结果他们干脆在楼梯上安了家，害得我一下午都没法出门。我可是有一大堆特别重要的约会呀。我求你劝他们赶快去南非，那边不是正急着要人吗？”

“谁叫你给他们留下这么难忘的印象呢？”

“谁说不是。他们这会儿开始给我送礼物了。反正克劳德是送了。昨天晚上他送了这只香烟匣，叫我非收下不可。他特地跑到剧院去，说我不收他就不走。我承认，这东西倒不赖。”

果不其然。那小玩意儿做得极尽精巧，纯金的，中间还镶着一颗钻石。说也奇怪，我倒觉得像是在哪儿见过。克劳德哪来的银子能买得起这种东西？真叫人百思不得其解。

第二天是星期三，双胞胎爱慕的对象有下午场演出，因此他们可以“告假一天”。克劳德顶着连鬓胡跑去了赫斯特公园，公寓里就剩下我和尤斯塔斯说话。其实是他在说话，我心里巴望着他赶快走。

“善良女子的爱呀，伯弟。”只听他说道，“多么美好。有时候啊……哎哟，什么情况？”

外面传来开门的动静，接着前厅里响起阿加莎姑妈的声音，问我在不在。阿加莎姑妈是天生的女高音，震耳欲聋那种，但我有生以来第一次为此感到庆幸。我们只有两秒钟的反应时间，说时迟那时快，尤斯塔斯一头钻进沙发底下，时间刚刚好。他第二只鞋子刚刚缩进去，阿加莎姑妈就进来了。

她看起来忧心忡忡的，我看时至今日人人如此。

“伯弟。”她开口问，“你近期有什么安排？”

“怎么了？我今天晚上有饭局——”

“不是，我不是问今天晚上。你这几天有事吗？嗨，当然没有。”她不等我回答就自顾自地说下去，“你什么时候有事了？

还不是整天无所事事，蹉跎人生——这个还是以后再说吧。我下午过来是希望你能陪你可怜的乔治叔叔去哈罗盖特住几个星期，越快动身越好。”

此言一出，差点触到了我不可逾越的底线。我情不自禁地大叫一声表示抗议。乔治叔叔人是不错，但那也不能将就。我正要将想法宣之于口，阿加莎姑妈大手一挥，先发制人。

“伯弟，只要你还不算全然的没心没肺，就会照我的意思做。你可怜的乔治叔叔受了极大的惊吓。”

“什么，又吓到了？”

“他觉得要让神经系统恢复正常状态，就必须彻底静养，再仔细用药调养。他以前在哈罗盖特接受过温泉疗法，似乎觉得大有益处，所以才想去那边。我们一致认为他一个人去不妥，所以我希望你陪他过去。”

“可，我说！”

“伯弟！”

一时间没人说话。

“他受了什么惊吓？”最终我开口问道。

“私下告诉你吧。”阿加莎姑妈压低了声音，样子着实引人侧目，“我觉得这全是他脑子里的臆想。伯弟，你是自家人，我也不用瞒你。咱们都心知肚明，你可怜的乔治叔叔多年以来就不大——他越发——呃，怎么说好呢？”

“喝得神经脱线了？”

“你说什么？”

“把脑子喝傻了？”

“我强烈不满你的措辞，不过坦白说，他或许是不大节制，结果精神紧张，所以……咳，总而言之，他吓得不轻。”

“究竟是什么事？”

“我就是问来问去都问不出个所以然啊。你可怜的乔治叔叔有不少优点，可惜每次一激动就语无伦次。据我分析，他似乎是遇到了抢匪。”

“抢匪！”

“他说有个留着连鬓胡、长着怪鼻子的陌生男人趁他不在，闯进他在杰明街的家，偷走了他的东西。他说自己走进客厅，和那人撞了个正着。他立刻冲出房间，跑得无影无踪。”

“你说乔治叔叔？”

“不是，是那个抢匪。你乔治叔叔还说那人偷了一只名贵的香烟匣。不过呢，我说了，我私下以为，这全是他的臆想。自从他那天幻觉在街上见到尤斯塔斯，就一直不大正常。所以伯弟，我要你准备一下，动身陪他去哈罗盖特，最迟星期六出发。”

她走了以后，尤斯塔斯从沙发底下爬出来，激动得一塌糊涂。其实我又何尝不是。想到要和乔治叔叔在哈罗盖特一起待几个星期，我就觉得眼前一抹黑。

“哼，原来他那只香烟匣是这么来的，那个混蛋！”尤斯塔斯恨恨地说，“下三滥的手段！抢自己的至亲骨肉！这家伙应该去蹲监狱。”

“他应该去南非。”我说，“你也一样。”

接下来的十分钟，我一鼓作气，谆谆教导他对家庭的责任什么的。我居然还有这份口才，连我自己都震惊了。我讲到他应怀揣赤子之心，我把南非吹得天花乱坠，凡是能想到的我都说了一遍，大部分还说了两遍。可这祸害光顾着骂他杀千刀的兄弟卑鄙无耻，用香烟匣摆了他一道。他好像觉得克劳德靠这份大礼占了上风，等后者从赫斯特公园回来以后，两个人撕破了脸，场面叫人尴尬死了。后来我爬上床休息，过了很久很久，都大半夜了，他们也还没吵完。说到不用睡觉，我看非这两个家伙莫属。

打那以后，克劳德和尤斯塔斯就开始谁也不理谁了，弄得家里的气氛很是别扭。我向来主张家和万事兴，因此有这么两个拒绝承认彼此存在的房客，我每天活得都很累。

我觉得事情不能长久这么下去，果不其然。不过呢，要是有人前一天跑来跟我说接下来会如何如何，我一定会惨然一笑。我是说，这会儿我开始相信，除非炸弹爆炸，否则什么也没办法把这一对安居乐业的客人轰出我的小窝，结果星期五上午，克劳德蹭到我身边宣布他的决定，我简直怀疑耳朵出毛病了。

“伯弟。”他说，“我反复考虑过了。”

“考虑什么？”我问。

“从头到尾啊，我早就该去南非，但还一直赖在伦敦。这样是不公平的。”克劳德很起劲地说，“这样是不对的。长话短说，伯弟老哥，我明天就走了。”

我脚下打跌。

“真的？”我屏住呼吸。

“真的。”克劳德说，“要是你不介意吩咐老好人吉夫斯出去帮我买票。只怕路费还得你帮我垫着，老哥。你不介意吧？”

“不介意！”我激动地一把握住他的手。

“那就好。哦，对了，这事你一个字也别跟尤斯塔斯提，好不好？”

“怎么，他不一起走？”

克劳德打个了冷战。

“不，谢天谢地！想到要跟那个祸害待在一艘船上，想想我就有气。不错，一个字也别跟尤斯塔斯提。对了，时间这么紧，还能订到舱位吧？”

“没问题！”我说。我宁可掏钱买下那艘破船，也不能错失这个机会。

“吉夫斯，”我迈着轻快的脚步走进厨房，“火速赶往联合城堡邮轮公司办事处，订一张明天的舱位给克劳德先生。他要跟咱们说再见了，吉夫斯。”

“是，少爷。”

“克劳德先生希望此事要对尤斯塔斯先生保密。”

“是，少爷。尤斯塔斯先生之前吩咐我为他订一张明天的舱位，也是如此交代的。”

我目瞪口呆。

“他也要走？”

“是，少爷。”

“奇了怪了。”

“是，少爷。”

要是换成别的时候，我这会儿准会在吉夫斯跟前大大地放下架子，绕着他载歌载舞啦、纵情欢呼啦什么的。可惜那双鞋罩形成的厚障壁仍然隔在我们中间，惭愧地说，我还借这个机会故意触他的痛脚。我是说，这段时间他对我老是若即若离不理不睬的，而他心里明明清楚，小少爷处在水深火热之中，时时巴望他伸出援手。想到此，我忍不住提醒他，这次完美收场，根本没用他帮忙。

“那就这么结了，吉夫斯。”我说，“事情至此总算告一段落。我就知道，船到桥头自然直嘛。我只要静候时机，泰然以对。换成别人，不知多少人要慌了神呢。”

“是，少爷。”

“我是说，准急得跟什么似的，到处找人帮忙出主意之类。”

“大有可能，少爷。”

“但不是我，吉夫斯。”

“不错，少爷。”

我说完就走了，让他好好反思。

星期六，我环顾着老好的公寓，突然意识到克劳德和尤斯塔斯已经不在了。此时此刻，就连想到要陪乔治叔叔去哈罗盖特我也消沉不起来。双胞胎一吃完早饭就鬼鬼祟祟地溜了，还故意避开了对方。尤斯塔斯去滑铁卢车站搭港口联运列车，克劳德则跑去楼下车库取车。这两个家伙要是在滑铁卢车站遇见保不准要变卦，可不能掉以轻心，于是我建议克劳德开我的车直接去南安普顿港口，比坐火车舒服。

我躺在老好的沙发椅上，心平气和地盯着天花板上的苍蝇，深感世界的美好。这时吉夫斯进来送上一封信。

“信童刚刚送来，少爷。”

我拆开信封，结果一张五镑的钞票飘飘悠悠掉了出来。

“老天！”我莫名其妙，“怎么回事？”

信是用铅笔匆匆写成的，内容也很短。

亲爱的伯弟——随函附送的麻烦交给你家那位，说我很抱歉自己只有这么多。他救了我一命。这是我一周以来第一次感到快乐。

你的，

玛·沃

吉夫斯俯身捡起了地板上的钱，正等着交给我。

“你自己收着吧。”我说，“看样子是给你的。”

“少爷？”

“我说这钱是给你的，沃德小姐叫我转交给你的。”

“那要多谢沃德小姐美意了，少爷。”

“她干吗拿五镑给你？她说你救了她一命。”

吉夫斯莞尔一笑。

“沃德小姐言重了，举手之劳而已。”

“那你究竟劳什么了，快说呀？”

“是克劳德和尤斯塔斯两位先生的事。我本希望她对此缄口不提，因为我不想少爷怪我自作主张。”

“什么意思？”

“那天沃德小姐和少爷抱怨克劳德和尤斯塔斯两位先生为她添了诸多烦扰，形容恳切，当时我在屋子里，碰巧听在耳里。我想，我若是提一个小小的计策，帮助她摆脱两位先生的纠缠，那么纵然僭越，或许也情有可原。”

“天啊！你是说，他们两个走人原来根本是你一手策划的！”

我觉得自己真是个十足的傻瓜。我是说，之前我还故意戳他痛脚，说什么不要他帮忙也水到渠成什么的。

“我这样设想：假如沃德小姐分别告诉克劳德和尤斯塔斯两位先生，称自己将启程前往南非，着手演出项目，那么或许可以取得理想的结果。此刻来看，我预料得不错，少爷。两位先生果然像俗语说的，乖乖上了钩。”

“吉夫斯。”我说——咱们伍斯特不是不会犯错，但也绝不会碍于面子不认错——“你天下第一！”

“多谢少爷夸奖。”

“哎呀，我说！”我脑海中突然闪过一个可怕的念头，“万一他们上了船找不到人，那不是要转头回来？”

“我已经有所安排，少爷。沃德小姐按照我的建议通知两位先生说，她将由陆路前往马德拉群岛，之后再转乘水路。”

“到了马德拉以后又往哪去？”

“没有路了，少爷。”

听闻此言，我舒舒服服地倚着身子，把来龙去脉静静品味一番。想来想去，只有一点美中不足。

“只可惜，”我说，“‘爱丁堡城堡号’那么大，他们两个可能面都碰不着。我是说，要是克劳德和尤斯塔斯能抬头不见低头见的，那我就舒坦了。”

“想必这不可避免，少爷。我订了双铺位的特等套间，克劳德先生占一个铺位，尤斯塔斯先生占另一个。”

我长叹一声，心满意足。如此普天同庆的时刻，我却要陪乔治叔叔去哈罗盖特，这不能不叫人扫兴。

“你开始收拾行李没有，吉夫斯？”我问。

“收拾行李？”

“去哈罗盖特呀。我今天就要陪乔治爵士过去。”

“是了，是我忘了知会少爷。早前少爷还在梦乡的时候，乔治爵士打过电话过来，说计划有变，哈罗盖特的行程取消了。”

“哟，我说，这真是盖了帽了！”

“我想这条消息定然会令少爷称心如意。”

“他为什么变卦？他说了吗？”

“没有，少爷。不过，我听爵士的男仆史蒂文斯说，爵士精神大有起色，已不需要疗养了。我之前主动将令少爷赞赏有加的‘醒神剂’配方给了史蒂文斯，他说今天上午爵士对他说觉得自己焕然一新。”

唉，看来要做的只有一件事，我主意已定。我的心当然在痛，我不是这个意思，实在是没得选。

“吉夫斯。”我说，“那双鞋罩。”

“是，少爷？”

“你真心不喜欢？”

“切切实实。”

“你看你会不会渐渐改变看法？”

“不，少爷。”

“那好吧。行，什么也别说了，你拿去烧了吧。”

“非常感谢，少爷。我已经办妥了，就在早饭之前。少爷，还是素净的灰鞋罩比较合适。多谢少爷。”

# 17

# 炳哥和小妇人

克劳德和尤斯塔斯走了大概有一个星期吧，这天我在高级自由派俱乐部的吸烟室里碰见了炳哥。他正半躺在扶手椅里，微张着嘴巴，眼睛里冒出一股傻气，不远处一位胡子花白的老先生十分厌恶地瞪着他，据此推断，一定是炳哥占据了人家最喜欢的地盘。陌生俱乐部就是这点最不好——你完全不是成心的，但老是误打误撞侵犯了那些老客户的既得利益。

“嗨，臭脸。”我打招呼。

“好呀，丑八怪。”炳哥回答。我们找了个位置，点了一小杯午餐前开胃酒。

“螽斯”委员会每年例行要对俱乐部进行一番洗洗刷刷，所以就把我们哄出来，随便安排一家别的会所应付几个星期。今年的栖居地定在“高级自由派”，就我本人来说，实在有点疲于应对。我是说，本来在自己那家如鱼得水，那儿气氛欢乐，而且要想吸引谁的注意，只要冲他扔一块面包就解决了。结果到了这地方一看，连最年轻的成员都八十又七，要想找个人说说话，还必须得跟人家是半岛战争[1]的战友，否则就被人瞧不起似的，这不免叫人沮丧。正因为如此，我打心眼里高兴能遇见炳哥。我们压低了声音开始聊天。

“这间俱乐部，”我说，“绝了。”

“简直没边了。”炳哥表示赞同，“我相信窗边那位老兄三天前就死了，但我不想声张。”

“你在这儿吃过午饭没有？”

“没有。怎么了？”

“这里清一色女服务员，没有男侍。”

“老天！我还以为休战以后就取消了呢[2]。”炳哥琢磨了一小会儿，又心不在焉地正了正领结。“呃——是美女吗？”他问。

“不。”

他好像有点失望，但很快又振作了。

“那，我听说这里的厨子是全伦敦最棒的。”

“据说是。那咱们开始？”

“好。我琢磨呢，”炳哥说，“吃完饭，也可能是吃饭前，女服务员会问，‘一起结吗，先生？’请以肯定作答。我一个子儿也没有。”

“你叔叔还没原谅你哪？”

“没，那个老糊涂！”

听到他们还没和好，我心里也不好受。我打定主意，这次要好好款待款待这个可怜的家伙，所以等服务员送上菜单以后，我

---

1 Peninsular War（1808—1814），拿破仑战争中的主要战役。本篇故事发生时（1923年），半岛战争的幸存者至少有128岁。

2 指“一战”。战争中由于人力匮乏，许多女性担负起文职工作。

仔仔细细地浏览了一遍。“你看这样行吗，炳哥？”我斟酌了好一会儿才决定，“先来几只鸻鸟蛋垫垫，然后一碗汤、少许冰三文鱼、冷盘咖喱、奶油醋栗馅饼，最后嚼两块芝士？”

我都是凭着记忆尽点些他最爱吃的，虽然并没有指望他为之欢呼雀跃，但我以为他至少也得客气两句吧。我一抬头，发现他注意力压根就不在我身上。只见他怔怔地望着那个服务员，好像狗儿猛然想起自己把骨头埋哪儿了。

那姑娘身材高挑，一双温柔的棕色的眼睛，充满灵魂的那种。样子是挺不错的，一双手也很白净。我之前好像没见过这个人，不得不说，她一出现，这地方的标准上升了不少。

“怎么样，小子？”我急着把菜定下来，好抓紧进行严肃的刀叉事业。

“嗯？”炳哥不知神游到哪去了。

我又念了一遍菜单。

“哦，行，挺好！”炳哥说，“随便，你定。”那姑娘去忙活了，他转过脸对着我，眼珠子都要掉出眼眶了。“你不是说没有美女吗，伯弟？”他埋怨我。

“老天！”我说，“你难不成又恋爱了——你才见了人家一面啊。”

“有时候，伯弟，”炳哥说，“就是一见倾心——我们在人群中走过，和某个人四目相投那一刹那，耳边传来低语——”

这时鸻鸟蛋端上来了，他掐住没说，奋力扑了几颗蛋塞进嘴里。

“吉夫斯，”当晚我回到家对他说，“整装待命。”

“少爷？”

“擦亮大脑，打起精神，保持警惕。我猜利透先生不久就要上门寻求同情和援助。”

“利透先生有麻烦了，少爷？”

“唔，可以这么说吧。是爱的烦恼，大概是第五十三次了吧。我问问你，吉夫斯，咱们说心里话，你看他是不是难得一遇？”

“利透先生古道热肠，少爷。”

“热肠！我看他干脆穿石棉网衬衫算了。总之，整装待命，吉夫斯。”

“遵命，少爷。”

果不其然，不出十天，这个大笨蛋就送上门来，扯着嗓子叫唤有志人士踊跃上前伸出援手。

“伯弟。”他说，“是朋友的话，现在就是出手的时候。”

“请讲，老怪物。”我回答，“咱们耳朵都备好了。”

“你记不记得几天前在‘高级自由派’请我吃午饭那次。招待咱们的那位——”

“记得，高个子，好身段，女的。”

他打了个冷战。

“你别用这副口气说她行不行？见鬼。她是天使。”

“好嘞。继续。”

“我爱她。”

“晓得，别停。”

“行行好，别老催我。我的叙事都被你打乱了。刚才说到我爱她，我呢，想劳驾你，伯弟老伙计，去我叔叔那儿走一趟，施展一点外交手腕。我的生活费一定得要回来，而且要快。还有，还得比以前多。”

“听着，”我对这个破差事可是一点也不热衷，“干吗不等一等呢？”

“等？等有什么意义？”

“这，你也知道自己的恋爱过程，一般都以发生意外和你被甩告终。最好还是等一切尘埃落定再解决你叔叔的问题不迟。”

“已经尘埃落定了，她今天上午答应嫁给我了。”

“老天！动作够迅速的。可你认识她才不过半个月吧？”

“这辈子是。”炳哥说，“但她以为我们一定在上辈子就遇见过。她说我一定是巴比伦国王，她自己是基督徒女奴[1]。我是记不得的，不过估计有几分道理。”

“天啊！”我说，“女服务员真的都这么说话？”

“我哪知道女服务员都怎么说话？”

“这，你这会儿也该知道了，我第一次见你叔叔就是因为你非逼我去跟他说情，好让你娶皮卡迪利小吃店的那个梅宝嘛。”

炳哥浑身一震，眼中闪着狂野的光。我还没明白过来他搞什么名堂，他大手一挥，重重地拍在我薄薄的夏季裤料上，害我像小公羊似的一碰三尺高。

“嘿！”我说。

“对不住。”炳哥说，“太激动，兴奋过度了。伯弟，你给了我一个灵感。”他等我按摩完腿才继续说下去。“伯弟，麻烦你回想一下上次的情形，你记不记得我那个绝妙的点子？我跟他说你就是谁来着，就是那个小说作者？”

---

1 引自英国诗人威廉·厄内斯特·亨利（William Ernest Henley，1849—1903）的《致W.A》（*To W.A.*）。

我想忘也忘不掉，那可怕的名字已深深地烙在我的记忆中。

“就用这个进攻策略。”炳哥说，“就用这个计策。再次有请罗西·M.班克斯出山。”

“没门，老兄。对不住，总之是不可能，这事绝对没有第二次。”

“就算为了我？”

“为十二个你也不行。”

“我真没想到。”炳哥伤心地说，“会从伯弟·伍斯特里嘴里听到这话！”

“那，你现在听到了。”我说，“记得贴在帽子上。”

“伯弟，咱们可是老同学。”

“又不是我的错。”

“咱们有十五年的交情。”

“我知道。我会用余生努力遗忘。”

“伯弟，老兄。”炳哥把椅子拖近了一点，开始在我肩胛骨上一阵揉捏，“听我说！讲讲理嘛！”

不用说，十分钟以后，我就让这个祸害把自己说动了。怎么老是这样，谁都能把我给说动？假如我进了特拉普派[1]修道院，我的第一件遭遇准是某个圆滑精明的家伙对着我一阵比手画脚，唬得我丧失判断力，跑去做了什么大蠢事。

“那，你想叫我去做什么？”我已经意识到挣扎是无谓的。

“首先，给他老人家送上一本你亲笔签名的最新作品，还要写一段赠言拍他马屁。这么一来他准得乐死。然后你亲自登门哄

---

1 Trappist，天主教的一派，强调缄口苦修。

他上钩。”

“我的最新作品是什么？”

“《女儿当自强》！”炳哥回答，“我看大街小巷到处都是，不管是商店橱窗还是书摊，除了这本书都没别的。从封面的插画来看，人人都会以写出这种作品为荣。当然了，他会跟你讨论心得。”

“啊！”我精神一振，“那计划就泡汤了，啊？我压根不知道里面写的什么破玩意儿。”

“所以你得先读一遍。”

“读一遍！别，我说——”

“伯弟，咱们可是老同学。”

“唉，好啦，好啦。”我说。

“我就知道你靠得住，你有一颗金子般的心。吉夫斯，”炳哥看到我那忠心耿耿的家臣走进来便说，“伍斯特先生有一颗金子般的心。”

“是，先生。”吉夫斯说。

我平时不怎么读书看报，也就是每周撑着眼皮读读《体育时报》，再就是偶尔瞧两眼赛马成绩记录而已。因此，和《女儿（叫她去死）当自强》的这场苦战叫我受尽折磨。我好歹是坚持下来了，而且赶得也巧，我才刚刚读到两人的嘴唇碰到一处开始深深地缠绵地吻起来、万物悄无声息只有风儿在金链花树梢间叹息那段，信童就送来一张老比特沙姆的字条，请我移步去吃午饭。

这位老先生的心情可谓阳光普照。他吃饭的时候还把书摆在手边，在解决花色肉冻还是什么的空当不时翻看几眼。

“伍斯特先生，”他吞下一大块鳟鱼，“我要祝贺你，也要感谢你。你日益精进了。我读过《一切为了爱》，读过《区区一个女工》，《疯姐儿桃金娘》我也熟记于心。但这一本，这是你最勇敢、最出色的一本，如此动人心弦。”

“是吗？”

“千真万确！自从你好意赠给我这本书，我已经读过三遍了——在此还要再次感谢你的题字。我想我可以这样说：我的确比从前更善良、更体贴、更包容。我对全人类都充满仁心善意。”

“真的？”

“不错，这就是我。”

“对全人类？”

“对全人类。”

“甚至炳哥？”我知道这是个相当大的考验。

“我侄子理查德？”他似乎若有所思，但还是像男子汉一样挺住了，没有避而不答，“是的，甚至理查德。嗯，我的意思是……或许……是的，甚至理查德。”

“那就好，我正想跟你说说他的事。他手头挺紧的，知道吧？”

“你是说经济拮据？”

“揭不开锅了。他很需要每季度的那点进账，希望你慷慨解囊。”

他沉思了一会儿，先吃掉了一块珍珠鸡。他随手翻开那本书，正好落在第215页。我不记得第215页讲了什么内容，想来写得一定挺神的，只见他换了一副神情，眼睛里雾蒙蒙的，好像最后那口火腿芥末蘸多了。

“好啦，伍斯特先生。”他说，“重新读过你这部伟大的作品，我无论如何不能硬起心肠。理查德的生活费会给他的。”

“好个心宽体胖！”话一出口，我突然想到，这句话用在体重一百多公斤的人身上是不是有点弦外之音，“我是说，好个心胸开阔。这下他可以卸下这个大包袱了。他打算结婚，知道吧？”

“我并不知道。而且我也未必完全赞成。请问是哪家小姐？”

“哦，其实是一个女服务员。”

他从座位上一跃而起。

“果然如此，伍斯特先生！不可思议，真叫人振奋。我没想到这孩子居然如此坚韧不拔，他有这个优点真是出乎我的意料！我清清楚楚地记得，我有幸初次和你相会，也就是大概一年半之前，那时理查德就打算娶这位女服务员为妻。”

我只好硬着头皮纠正他。

“呃，其实不是同一位女服务员。说起来呢，是另一个女服务员啦。不过还是女服务员，知道吧？”

老先生眼中慈祥的叔父的光芒消失了。

“咳！”他犹豫地说，“我还以为理查德属于如今世所罕见的那种年轻人，拥有矢志不渝的品质。我——我得再想一想。”

我们再没有往下谈，我回来以后把情况一一告知炳哥。

“生活费没问题。”我说，“叔叔的祝福有点不准。”

“他难道不希望婚礼的钟声响起？”

“我让他再想想。我要是庄家呢，大概开100比8赌你输吧，比较有把握。”

“肯定是你的方式不对。我早该知道，交给你准保搞砸。”

炳哥说。我为他付出这么多，结果换来这么一句话，真有点比毒蛇的牙齿还要使人痛入骨髓[1]。

“难办了。”炳哥，“难办了，具体情况这会儿我还不能全告诉你，总之……是，难办了。”

他茫然地从我的烟盒里抓了一把雪茄就走了。

接下来一连两天我都没见到他，第三天下午他才现身。他胸前别着一朵襟花，表情好像是后脑勺被人拿鳗鱼标本揍了一下。

“嗨，伯弟。”

“嗨，老萝卜头。你这几天跑哪儿去了？”

“哦，这儿啊那儿啊的。伯弟呀，天气真是美得冒泡。”

“是不错。”

“我看银行利率又跌了。”

“别，真的？”

“下西里西亚不太平了，啊？”

“嘿，要命！”

他在屋里到处晃悠，时不时来两句疯言疯语。我看这人是傻了。

“哦，我说伯弟！”他刚从壁炉架上拿起一只花瓶赏玩，却失手摔在了地上，“我想起来要跟你说什么来着。我结婚了。”

1 《李尔王》第一幕第四场：让她也感觉到一个负心的孩子，比毒蛇的牙齿还要使人痛入骨髓。（朱生豪译）

# 18

# 皆大欢喜

我目瞪口呆。他胸前那朵襟花……那呆滞的表情……不错，症状一点不差，可我还是觉得难以置信。我想这都是因为无数次地目睹炳哥那些开始轰轰烈烈后来无疾而终的恋爱，所以不敢相信他竟然善始善终了。

“结婚了！”

“对，今天早上去了霍尔本市政厅。我刚参加完婚宴回来。”

我一下坐直身子，打起十二分精神，到底是见过大场面的人。我看这事必须从各方各面挑明了说。

“咱们得说清楚，”我说，“你真的结婚了？”

“是呀。”

“娶的是你前天还爱的那个姑娘？”

“什么意思？”

“这，你也知道自己什么样。告诉我，你怎么会一时冲动的？”

“你别这副口气行不行？我娶她是因为我爱她，要命。她是世上最好的媳妇儿。”炳哥说，“独一无二。”

“这都好说，我看你的话应该能信。可是你想过你叔叔的反应没有？上次我见到他，他可没什么心情撒五彩纸屑。”

“伯弟。”炳哥说，“跟你实话实说好了。我媳妇儿使出了激将法，我这么说你明白吧？我跟她说了我叔叔的看法，她说要是我爱她爱得够深，就会勇于面对老先生的怒火，立刻和她结婚，不然干脆分手。我根本没得选，所以就买了朵襟花一咬牙。”

“那你现在有什么打算？”

“哦，我全都计划好了。你去见我叔叔跟他宣布我的婚讯——”

“什么？”

“你去见——”

“难不成你打算把我拖进来蹚浑水？”

他盯着我，好像莉莲·吉许[1]从昏迷中苏醒的样子。

“这还是伯弟·伍斯特吗？”他难过地问。

“没错，如假包换。”

“伯弟老兄。”炳哥轻轻地在我身上这拍一下那拍一下，“想想嘛！咱们是老同学——”

“哎，好啦！”

“好兄弟！我就知道你靠得住。她正在楼下大厅里等着，咱们马上带着她冲去庞斯比花园街。”

新娘子我只见过一次，当时她还是服务员打扮。我还担心她

---

1 Lilian Gish（1897—1993），美国著名影星。

婚礼这天会装扮得花枝招展的，结果却发现，她并没有又是丝绒又是花帽子又是扑鼻的香水，反倒怪有品位的。很素净，没有花花绿绿。瞧她那一身打扮，就像刚从伯克利广场[1]走出来的。自打这桩倒霉生意开始，我第一次看到了一丝希望。

“这位是我的老朋友，伯弟·伍斯特，宝贝。”炳哥说，“我们是老同学，是吧，伯弟？”

“正是！”我说，“幸会！我想咱们——嗯——那天午饭就见过了，是吧？”

“哦，不错！幸会！”

“我叔叔最听伯弟的。”炳哥解释说，“所以我叫他跟咱们一起过去，算是做点铺垫吧。嘿，出租车！”

一路上三个人都没怎么说话，气氛有点紧张。等车停在老比特沙姆的陋室门口，我们三个跳下车，我心里还挺高兴的。我叫炳哥和夫人先在大厅里候着，一个人先上了楼。进了客厅，管家跑去搜寻他家大王。我在屋子里来回踱步，等他快点现身，突然发现有张桌子上摆着《女儿当自强》那本破书。书正好摊开在第215页，其中一段重重打着铅笔线的文字吸引了我的注意。一读之下我就发现，这真是得来全不费功夫，待会儿刚好能助我一臂之力。

这一段是这么写的：

“有什么能战胜，”——米莉森特面对这个执拗的老人，眼中精光一闪——“有什么能战胜纯洁的、火焰一般的爱情？无论王孙公子还是达官贵戚、爵爷，也无

1 Berkeley Square，位于伦敦高档住宅区梅菲尔区。

论父母长辈如何不饶不依、以卵击石。我爱您的儿子，温德米尔勋爵，没有什么能让我们分离。冥冥之中就注定我们今生在一起，您又怎能不自量力，违抗命运的轨迹？”

侯爵透过两道浓眉凌厉地望着她。

“唔！”他说。

我正要温习米莉森特的反诘，这时门开了，比特沙姆踱步进来。和往常一样，他看到我笑逐颜开。

“亲爱的伍斯特先生，意外到访，荣幸之至。请坐。不知有什么能为你效劳的？”

“哦，我这次是以使者的身份来的，代表炳哥，知道吧？”

他的一团和气有点消散。他没有开口送客，所以我再接再厉。

“依我看呢，”我说，“要战胜纯洁的、火焰一般的爱情，还是挺有难度的。我是说，这可能吗？我可不看好。”

面对这个执拗的老人，我眼中虽然没有精光一闪，但总算抖了抖眉毛。他喘了一会儿，样子有点疑惑。

“伍斯特先生，上次见面时我们已经讲过了，当时——”

“是，但这不是又有新情况了嘛。是这样的，”我直奔主题，“今天上午炳哥跑去一头栽下去了。”

“老天爷！”他猛地跳起来，张口结舌，“为什么？在哪儿？怎么栽的？”

原来是没听明白。

“我用的是比兴的手法。”我赶紧解释，“没说错吧。我是说他结婚了。”

"结婚！"

"可不是当了新郎了。你不会发火吧？你也知道，年少冲动，两颗心彼此相爱什么的。"

他呼呼直喘气，很气不过的样子。

"你这条消息叫我深为震惊。我——我想，我是被——将了一军。不错，将了一军。"

"但你又怎能不自量力，违抗命运的轨迹？"我用余光扫了一眼台词本。

"嗯？"

"瞧，他们注定今生在一起，冥冥之中，知道吧。"

坦白说，他要是在这个节骨眼回一句"唔？"我就没辙了。所幸他没朝着这个角度想。一时间两个人都没有话说，他似乎陷入了沉思。接着他的目光落到那本书上，随即吃了一惊。

"呀，老天保佑，伍斯特先生，你是在引用书里的句子啊！"

"有点改动。"

"我就说怎么听着耳熟呢。"他这下神色全变了，还咕咕一声浅笑，"哎呀，哎呀，你最知道我的软肋！"他拿起书，埋头苦读了好一会儿，我有点觉得他已经把我忘了。还好，他放下了书，抹了两下眼睛。"啊，好了！"他说。

我蹭着双脚，憧憬着最好的结局。

"啊，好了。"他又说了一遍，"我不能做第二个温德米尔勋爵，是吧，伍斯特先生？告诉我，你笔下这个颐指气使的老先生是不是有原型的？"

"啊，没有！想到就写了呗，知道吧。"

“天才！”老比特沙姆喃喃道，“天才！啊，伍斯特先生，我改变心意了。你说得对，我怎么能自不量力，违抗命运的轨迹呢？我今天晚上就写信给理查德，告诉他我同意他的婚事。”

“你不如当面跟他宣布这个好消息。”我说，“他正在楼下等着呢，偕同夫人。我这就下去叫他们上来。回见啦，真要多谢你。炳哥肯定要高兴坏了。”

我一个箭步窜出客厅奔下楼梯。炳哥和夫人坐在两张椅子上等着，像牙医诊所候诊室里的两位病人。

“怎么样？”炳哥急切地问。

“全部搞定，只差握手。”我在老炳哥背上一拍，“冲上去，你们叔侄俩乐呵乐呵。拜拜——老朋友们。需要我的话，你知道到哪儿找我。恭喜恭喜，废话不多说了。”

我说完赶紧开溜，免得他们谢个没完没了。

所谓世事难料。等我回到公寓，双脚往壁炉架上一搭，啜饮着吉夫斯端来的茶，大概有史以来第一次觉得功德圆满，应该好好犒劳一下自己。我习惯了眼睁睁看着生活之大热门在冲刺阶段马失前蹄名落孙山，但在炳哥这件事上，我左看右看都觉得滴水不漏。我走以后，他只要领着炳嫂走上楼领取祝福就好了。我对此深信不疑，所以等他约莫半个小时以后心急火燎地冲进客厅时，我满以为他是要泣不成声地感谢我，夸我是个好哥们什么的，于是对着他绽开了一个慈悲的笑颜。我正要递烟给她，却发现他好像有心事。不错，他根本就像被人狠狠地打在了太阳神经丛上。

“我亲爱的老伙计，”我问，“怎么了？”

炳哥在屋子里扑来扑去。

“我——要——冷静！”他撞倒了一张桌子，“冷静，见鬼！”他撞翻了一把椅子。

“不会是出什么岔子了吧？”

炳哥大叫一声，是干巴巴恶狠狠的那种。

“哪有一件破事没出岔子？你猜你走了之后出了什么状况？你还记得你非得送给我叔叔的那本书吧？”

以我之见这与事实大有出入，不过我看出这可怜虫正为什么事在气头上，所以没纠正他。

“《女儿当自强》？”我说，“可派上了大用场呢。我就是引用了里面的话才最终说动你叔叔的。”

“哼，我们进去以后可没派上什么用场。那本书摆在桌子上，我们先聊了几句，气氛渐入佳境，这时我媳妇儿看到了。她说，‘哦，比特沙姆勋爵，你读过这本书？’我叔叔答，‘读过三次了。’我媳妇儿说，‘我很高兴。”我叔叔眼前一亮，“这么说，你也是罗西·M.班克斯的书迷了？”我媳妇儿说，“我就是罗西·M.班克斯！’”

“呀，我的姑奶奶！不是吧？”

“就是。”

“怎么可能是她？我是说，要命，她不是在高级自由派俱乐部端盘子的吗？”

炳哥闷闷不乐地对着沙发椅踢了一脚。

“她在那儿工作是为了搜集素材，写一本叫《俱乐部公子默文·基恩》的小说。”

“她总该告诉你呀。”

“她发现我爱的是她的人，不在乎她身份低微，特别感动，所以瞒着没说。她说打算以后再跟我坦白。”

“那，然后呢？”

“那场面就是一个鸡飞狗跳。老先生气得险些中风，说她冒名顶替。他们扯开了喉咙各说各的，最后我媳妇儿跑去找出版商拿证据，说要让我叔叔写书面致歉信。接下来会怎么样，我就不知道了。我只知道，等我叔叔发现自己被人愚弄了，准要气成个泼妇；等我媳妇儿发现咱们要罗西·M.班克斯这个把戏是为了让我娶另一个女人，那麻烦就大了。你瞧，她最初受到我的吸引，其中一个原因就是我从来没有恋爱经验。”

“你是这么跟她说的？”

“是啊。”

“天！”

“那，我呢，从来没有……真正地恋爱过。这里边可有千差万别，一边是……嗨，算了。我怎么办？这才是重点。”

“不知道。”

“多谢。”炳哥说，“你帮了大忙了。”

第二天早上，我刚咽下熏肉鸡蛋，他的电话就来了——简而言之，正赶在我一天中最希望静静地思考人生的时刻。

“伯弟！”

“嗨！”

“火烧眉毛了。”

“又怎么了？”

“我叔叔检查过我媳妇儿的证据，承认她没有胡说。我刚刚跟他讲了五分钟电话，被他骂了一通。他说咱们俩故意捉弄他，还说自己简直气得说不出话来，不过他倒是清楚明白地告诉我，我的生活费又泡汤了。”

“很遗憾。”

“你别光为我遗憾了。”炳哥郁郁地说，“他今天就要登你的门，当面讨一个说法。”

“天呀！”

“我媳妇儿也要登你的门，当面讨一个说法。”

“神呀！”

“我会密切留意你未来的发展的。”炳哥说完就挂了电话。

我狂喊吉夫斯。

“吉夫斯！”

“少爷？”

“我麻烦大了。”

“果然，少爷？”

我把前因后果大略讲了一遍。

“有什么建议？”

“少爷，换作是我，就会立即接受皮特－韦利先生的邀请。少爷还记得吧，他请少爷本周到诺福克去打猎。”

“可不是！天呀，吉夫斯，你永远是对的。就赶午饭后的第一趟火车，你带上我的东西，咱们车站会合。我上午要去俱乐部避避风头。”

“少爷，这次出行是否需要我同去？”

“你想来吗？”

“少爷，恕我冒昧，我想我最好留下，和利透先生时刻保持联系，或许能想到办法令各方冰释前嫌。”

“成！要是有办法，那你就是神仙。”

我在诺福克待得很不爽快。那儿差不多天天下雨，不下雨的时候我又心神不宁，什么也打不中。就这么熬了一个星期，我终于受不了了。我是说，就为了炳哥的叔叔和夫人要找我聊两句这等小事，就跑到荒无人烟的乡下躲起来，这也太可笑了。我打定主意，我要杀回去，像个男子汉的样子，天天闷在公寓里，吩咐吉夫斯对访客一律说主人不在家。

我给吉夫斯拍了电报说自己回来了，等进城以后，直接开车去了炳哥家，以便了解一下事态发展。炳哥似乎不在，我按了几遍门铃都没动静，我正要拔腿走人，却听见屋里传来了脚步声，接着门开了。这实在算不上我毕生中最幸福的一刻，因为和我面对面的赫然是比特沙姆勋爵的皮球脑袋。

“哦，呃，嗨！”我先开的口。然后两个人都没吱声。

我之前也设想过，万一我们冤家路窄，这老先生会如何反应。我并没有确切的答案，只是模糊觉得他大概会涨红了面孔，毫不犹豫地对着我脸上就是一下。可他只是挤出了几抹笑意，真让人好生奇怪。他笑得挺僵硬，眼睛瞪得要鼓出来似的，还做了两下吞咽状。

“呃……”他开口了。

我等着他的下文，可惜他什么也没说。

“炳哥在吗？”僵持了一阵子后我又开口了。

他摇了摇头，又挤了一个笑，然后，眼看着笑语欢歌要再次戛然而止，他突然连跳带挪地后退了一步，咣当一声摔上了门。

我压根摸不着头脑。不过看来这场所谓的会面也到此为止了，我不如走吧。结果我刚下台阶，就撞见了炳哥。他正三级一步地爬台阶。

“嗨，伯弟！”他说，“你打哪冒出来的？不是出城了吗？”

“我刚回来，过来问问你战况如何了。”

“什么意思？”

“这，就是那事呗，你知道的。”

“啊，那事啊！”炳哥没事人似的，“好几天以前就搞定了，现在和平鸽到处拍打着翅膀，一切都好得不能再好了。多亏了吉夫斯，这人简直神了，伯弟，我不是一向这么说吗？他又想了个绝妙的点子，不到半分钟就万事大吉了。”

“这可太好了！”

“我就知道你听了准高兴。”

“恭喜你啦。”

“多谢。”

“吉夫斯是怎么做到的？这破事，我无论如何也想不出有什么解决办法。”

“哦，他一接手，不出一秒就办妥了！现在我叔叔和我媳妇儿成了莫逆之交，常常一起侃文学什么的，一聊就是几个小时。他时不时就跑来聊天。”

这倒提醒了我。

“他这会儿就在。”我说，“我说炳哥，你叔叔近来怎么样？”

“和以前一样啊。什么意思？”

“我是说，他是不是有点不大正常？我刚刚看他的举止挺古怪。”

“怎么，你见到他了？”

“刚才我按门铃，是他开的门。他先是站在那跟我大眼瞪小眼，然后突然给我吃了个闭门羹，把我弄得莫名其妙，知道吧？我是说，要是他劈头骂我一顿什么的我还能理解，但不知怎么回事，他倒像怕得要命似的。”

炳哥笑了，一派天真烂漫。

“哦，别担心！”他说，“我忘了跟你说了。本来想给你写信，结果一直拖着没动笔。他以为你是疯子。”

“他——什么？”

“是啊，这就是吉夫斯出的点子啦，所有问题迎刃而解。他是这么建议的：我就跟我叔叔说，我真心以为你就是罗西·M.班克斯，因为你常常把这事挂在嘴边，而且我也觉得你没有理由骗我。反正你就是有臆想症，总体来说疯疯癫癫的。然后我们又联系上罗德里克·格洛索普爵士，记得吧，你那天在迪特里奇公馆还把人家公子推到湖里那个，他分享了他的亲身经历，说那次去你家吃午饭，发现你在卧室里养了一群猫和鱼，而且你还坐着出租车从他的车子旁边经过偷了他的帽子，就是那些事，你都知道的。这么一来故事就圆满了。我以前这么说，以后也会这么说：只要有吉夫斯做靠山，命运也奈何你不得。”

我虽然宽容大度，但我是有底线的。

“哼，胆大包天的人我见得多了，可从没——”

炳哥诧异地看着我。

“你不是恼了吧？”他问。

“恼了！就因为半个伦敦城都以为我脑子有问题？混蛋——”

“伯弟。”炳哥说，“我对你是又不解又失望。我做梦也没想到，你竟然为朋友尽一点点心意也不肯，咱们可有十五年的交情——”

“是，可听我说——”

“难道你忘了，”炳哥说，“咱们是老同学呀？”

我冲回公寓，气得跟什么似的。我心里只清楚一件事，那就是我跟吉夫斯就此恩断义绝。他这个男仆固然顶呱呱，而且在伦敦绝无仅有，纵然如此，我也不能妥协。我像一阵东风呼呼闯进公寓……小茶几上摆着烟盒，大茶几上放着插图周报，地板上是我的拖鞋，一件一件都那么妥帖，大家明白我的意思吧，结果两秒钟内我就冷静下来了。这就好比电影里演的那样？某个老兄正打算步入罪恶的深渊，突然间耳边响起一阵温柔的动人的旋律，是他坐在妈妈的膝上学会的那支歌。“心软了”，就是这个意思，就是这个词。我一下就心软了。

接着老好的吉夫斯端着必需品出现在门口，一看到他的样子，就让人有点……

但是我硬起心肠，怎么也得放胆一搏。

“我见过利透先生了，吉夫斯。”我开口道。

“是吗，少爷？”

“他——呃，他说是你帮了他。”

“我尽力而为，少爷。如今似乎一切顺利，我颇感欣慰。威士忌，少爷？”

“好。呃——吉夫斯。”

“少爷？”

“下次——”

“少爷？”

“哦，没事……少放点苏打，吉夫斯。”

“遵命，少爷。”

他要悄然退下了。

“哦，吉夫斯！”

“少爷？”

“我想说……就是……我想呢……我是说……唉，没事了！”

“遵命，少爷。香烟就在少爷手边。八点一刻准时开晚膳，或者少爷打算出门用餐？”

“不，我在家里吃。”

“是，少爷。”

“吉夫斯！”

“少爷？”

“唉，没事了！”我说。

“遵命，少爷。”吉夫斯说。

马上扫二维码，关注“**熊猫君**”

和千万读者一起成长吧！

## 图书在版编目（CIP）数据

万能管家吉夫斯 / (英) P.G.伍德豪斯 (P. G. Wodehouse) 著 ; 王林园译. -- 南京 : 江苏凤凰文艺出版社, 2018.8

书名原文: The Inimitable Jeeves

ISBN 978-7-5594-1785-5

I. ①万... II. ①P... ②王... III. ①长篇小说—英国—现代 IV. ①I561.45

中国版本图书馆CIP数据核字（2018）第055278号

---



书　　名　万能管家吉夫斯

著　　者　（英）P.G.伍德豪斯
译　　者　王林园
责任编辑　丁小卉　姚　丽
特邀编辑　刘　雨　王　品　黄迪音
责任监制　刘　巍　江伟明
策　　划　读客文化
版　　权　读客文化
封面设计　读客文化　021-33608311
出版发行　江苏凤凰文艺出版社
出版社地址　南京市中央路165号，邮编：210009
出版社网址　http://www.jswenyi.com
印　　刷　三河市龙大印装有限公司
开　　本　890mm x 1270mm　1/32
印　　张　7.75
字　　数　167千
版　　次　2018年8月第1版　2018年9月第2次印刷
标准书号　ISBN 978-7-5594-1785-5
定　　价　39.90元